DISCOURS

POUR LE DEUX CENTIÈME ANNIVERSAIRE

DE LA MORT

DE SAINT VINCENT DE PAUL

PRONONCÉ A PARIS

Dans la chapelle des Lazaristes, le 27 septembre 1860

PAR MGR LANDRIOT

ÉVÊQUE DE LA ROCHELLE ET SAINTES.

PARIS

CHARLES DOUNIOL, LIBRAIRE-ÉDITEUR

Rue de Tournon, 29

1860

DISCOURS

POUR LE DEUX CENTIÈME ANNIVERSAIRE

DE LA

MORT DE SAINT VINCENT DE PAUL

—◇—

PARIS, — IMPRIMERIE DE W. REMQUET ET Cie,
Rue Garancière, 5.

—◇—

DISCOURS

POUR LE DEUX CENTIÈME ANNIVERSAIRE

DE LA MORT

DE SAINT VINCENT DE PAUL

PRONONCÉ A PARIS

Dans la chapelle des Lazaristes, le 27 septembre 1860

PAR MGR LANDRIOT

ÉVÊQUE DE LA ROCHELLE ET SAINTES.

PARIS

CHARLES DOUNIOL, LIBRAIRE-ÉDITEUR

Rue de Tournon, 29

1860

DISCOURS

POUR LE DEUX CENTIÈME ANNIVERSAIRE

DE LA

MORT DE SAINT VINCENT DE PAUL

————o◉o————

Bonæ spei fecisti filios tuos. (*Sag.*, XII, 19.)
O mon Dieu, vous avez donné à vos enfants
un caractère plein de confiance.

Éminence (1),
Messeigneurs (2),
Mes Frères,

Il existe trois méthodes principales pour faire le panégyrique des saints : on peut suivre leur vie pas à pas, étudier
successivement les merveilles que Dieu a multipliées dans
leurs cœurs, leur coopération à la grâce et la perfection
avec laquelle ils ont mis en œuvre les dons du ciel, obéi
aux desseins de Dieu et fait fructifier les talents que la
Providence leur a confiés. C'est le voyageur qui côtoye les
contours du rivage pour en constater la forme, les pro-
duits, les richesses, la fécondité ; et complète ses observa-

(1) Mgr le cardinal Morlot, archevêque de Paris.
(2) NN. SS. les archevêques de Sens et de Cambrai, les évêques de Beauvais,
de Châlons, d'Évreux, de Montérey (Californie), et de Brisbane (Australie).

tions en pénétrant dans l'intérieur du pays par les sinuosités des fleuves et des canaux. Cette méthode de pieuse
investigation a ses avantages : elle a été pratiquée par d'il-
lustres maîtres. — Il en est une seconde, qui consiste à lire
les ouvrages des saints, à suivre les mouvements de leur
âme, à sentir les pulsations de leur cœur sous une lettre
qui semble froide et inanimée ; car les saints ont laissé une
partie de leur âme dans leurs écrits ; on la trouve encore
chaude et quelquefois brûlante en certaines paroles qui
peuvent se comparer à cette lave du volcan que la chaleur
tient encore liquéfiée de longues années après l'éruption.
Les saints ont des pages dont on peut dire : Ces paroles
brûlent les âmes où elles tombent, *Ignitum eloquium tuum
vehementer* (1). La parole d'une âme vraie est d'ailleurs la
meilleure révélation d'elle-même : c'est son verbe, c'est son
image, c'est une lumière qui nous introduit dans le sanctuaire le plus intime. Aussi un ancien disait : Parle, afin
que je te voie.

On pourrait distinguer une troisième méthode : outre
les détails de leur vie et la description de leur cœur laissée
dans leurs écrits, les saints ont dans la partie supérieure
de l'âme comme un vaste réservoir, où se distille continuellement ce qu'ils ont de plus délicat, de plus divin, de
meilleur et de plus intimement pieux ; il en résulte un
arome invisible, qu'on nomme l'esprit, et dont on peut dire
qu'il se répand dans toutes les directions, *spiritus in omni
regione spirat* (2). *Spiritus, spirat,* ces expressions sont admirables de justesse. Chaque être vivant a sa respiration,
chaque fleur a son parfum, presque chaque objet a ses

(1) *Ps.* cxviii, 140.
(2) Baruch, vi, 60.

émanations continuelles : on dirait que c'est la partie la plus subtile, la plus essentielle qui se dégage et va porter aux alentours comme une image, une expression de l'objet lui-même. Ainsi l'âme des saints respire : il se forme de toutes leurs pensées, de toutes leurs affections, comme une vapeur embaumée qui se concentre dans leur âme et se répand ensuite par toutes ces fentes mystérieuses que souvent à leur insu ménage la Providence, *spiritus in omni regione spirat.* Il y a cette différence entre l'âme des saints et les fleurs, que la première a ordinairement plusieurs parfums : celui du matin n'est pas toujours celui du soir; l'action multiple de l'Esprit-Saint et le vent des circonstances extérieures peuvent, par une divine et successive agitation, produire les effets prévus par le prophète : « J'ai répandu une senteur de parfum comme le baume le plus précieux, comme la larme qui tombe de l'arbre odoriférant, comme le nard le plus exquis, comme la goutte d'encens qui tombe d'elle-même (1). » Y a-t-il comme dans le ciel, y a-t-il dans l'âme des saints des chambres différentes où l'esprit de Dieu élabore des parfums variés et les laisse échapper par les nombreuses ouvertures de l'âme, *mansiones multæ sunt* (2)? J'aimerais à le croire, et c'est peut-être la raison qui fait comparer l'âme des saints à une prairie émaillée de fleurs nombreuses, ou à l'Eden des anciens jours : *Emissiones tuæ paradisus malorum punicorum cum pomorum fructibus. Cypri cum nardo, nardus et crocus.... myrrha et aloe cum omnibus primis unguentis* (3).

Il résulte de ces considérations une troisième méthode

(1) *Eccl.*, xxiv, 20-21.
(2) Joan., xiv.
(3) *Cant.*, iv, 13-14.

pour le panégyrique des saints : suivre les émanations de leur esprit, le respirer soi-même, puis le faire respirer à son auditoire, *curremus in odorem unguentorum tuorum* (1). C'est cette dernière méthode que je voudrais appliquer à saint Vincent de Paul et dans le sens que je vais dire. Notre glorieux saint avait une âme riche et féconde qui s'est épanouie au souffle de toutes les vertus chrétiennes. L'Esprit, qui va où il veut, s'est répandu avec complaisance dans cette âme bénie, et comme l'Esprit d'amour est multiple, *spiritus multiplex* (2), il s'est prodigué sous les formes les plus variées, *spiritus in omni regione spirat* (3). On comptait de nombreuses régions dans ce cœur sacerdotal, chacune avait son vent du ciel, chacune ses fleurs et ses fruits, *facta est ut hortus voluptatis* (4).

Je ne puis pas aujourd'hui parcourir avec vous ces immenses régions du cœur de saint Vincent ; car on peut dire de lui ce que l'Écriture a dit de Salomon : « Que Dieu lui avait donné une largeur d'âme, semblable aux plages de sable qui s'étendent au loin sur les bords de la mer : *Dedit Deus Salomoni latitudinem cordis, quasi arenam quæ est in littore maris* (5). Obligé de me restreindre, je m'attacherai spécialement à ce qui me semble un des traits caractéristiques de l'âme de saint Vincent, et ce que j'appellerai la forme principale de son tempérament spirituel ; je veux dire sa confiance en Dieu, sa foi à Dieu tellement inébranlable que son âme était pétrie d'espoir, de calme, de joie, de sérénité : c'était un optimiste du meilleur genre.

(1) *Cant.*, i, 3.
(2) *Sap.*, vii, 22.
(3) Baruch, vi, 60.
(4) Ezech., xxxvi, 35.
(5) III *Reg.*, iv, 29.

Il ne saurait en être autrement, ô mon Dieu ! l'espérance, la sécurité dans votre amour, n'est-ce pas le caractère de vos enfants, *bonæ spei fecisti filios tuos* (1) ?

Il est dans l'histoire une race d'hommes qui semblent participer à l'immutabilité de Dieu : leurs sommets sont toujours lumineux et sereins comme ceux des montagnes ; leur base est toujours inébranlable comme la base de ces crêtes élevées qui semblent porter le ciel. Il y a là un phénomène étrange que la sagesse humaine, je dirai plus, que la piété vulgaire ne sait pas expliquer. Quelle en est la raison ? Ces hommes sont-ils insensibles ? Ont-ils cherché l'impassibilité du cœur dans la pratique d'une sorte de stoïcisme ? Non ; ces hommes ont confiance en Dieu, voilà tout le secret de leur vie, mais une confiance entière, complète, aveugle, à l'épreuve des secousses et des tempêtes, une confiance qui espère toujours, qui espère quand tout est désespéré, qui espère quand Dieu l'écraserait : *Contrà spem in spem, etiam si occiderit me, in ipso sperabo* (2). Cette race d'hommes exceptionnels porte écrite sur son front ces paroles de l'Écriture : Le juste est plein de confiance comme le lion ; il ne craint rien, *Justus quasi leo confidens, absque terrore erit* (3). Leur grand et vaste esprit découvre les plus lointains horizons : aussi leurs lèvres sont toujours pleines de consolations pour ceux qui s'effrayent : *Spiritu magno vidit ultima, et consolatus est lugentes in Sion* (4). Au milieu du mouvement des nations, ils portent à la confiance, et ils montrent le secours qui se prépare dans les cieux : *Hortabatur suos ne formidarent ad adven-*

---

(1) *Sap.*, xii, 19.
(2) *Rom.*, iv, 18. — Job, xiii, 15.
(3) *Prov.*, xxviii, 1.
(4) *Eccl.*, xlviii, 28.

tum nationum, sed in mente haberent adjutoria sibi facta de cœlo (1).

Mais, dit le Docteur Angélique, il ne suffit pas d'énoncer les vérités de la foi, il faut en donner les raisons, il faut aller jusqu'à la racine de la vérité, *investigantibus veritatis radicem* (2). Autrement, l'auditoire s'en va sans avoir rien compris, et n'emportant pour trésor que le vide de l'intelligence, *nihil scientiœ, vel intellectus acquiret, sed vacuus abscedet.*

Monsieur le supérieur (3), c'est vous-même qui m'avez tracé mon plan, et je me suis religieusement conformé à vos désirs. Vous avez pensé que ce serait la meilleure manière d'honorer la mémoire de saint Vincent et d'être utile dans les circonstances présentes : puissent vos désirs être exaucés, et puissé-je ne pas rester trop au-dessous de ma tâche ! — L'esprit de saint Vincent est partout répandu dans sa nombreuse famille : il vit, il respire dans ces apôtres zélés qui vont porter le nom de Jésus dans les contrées lointaines, qui évangélisent nos campagnes et répandent la vie sacerdotale dans l'âme de nos jeunes lévites. Évêque d'un diocèse où ces prêtres si dévoués font tant de bien, je leur devais ou plutôt je devais à la reconnaissance de mon clergé et de mon troupeau ce témoignage particulier de vérité et d'affection. L'esprit de saint Vincent est aussi répandu dans ces admirables filles de charité, qu'il vaut mieux ne plus louer, parce que leur plus bel éloge est dans leurs œuvres, *laudent eam opera ejus* (4) : Anges de la terre, que j'aime aussi à rencontrer souvent dans mon diocèse

(1) II *Mach.*, xv, 8.
(2) *Quodlibet*, iv, art. 18.
(3) **M.** Étienne, supérieur général.
(4) *Prov.*, xxxi, 30.

comme les fleurs du printemps, *quasi flos rosarum in diebus vernis* (1), ou comme les lis éclatants de blancheur sur le bord des eaux, *quasi lilia quæ sunt in transitu aquæ* : l'Écriture m'oblige d'ajouter en complément du texte et de la vérité, comme l'encens parfumé dans les chaleurs de l'été, *quasi thus redolens in diebus æstatis* (2).

Oui, l'esprit de saint Vincent est partout, *in omni regione.* Cependant, si je voulais faire un appel à des voix et à des cœurs qui ne me démentiraient pas, ou bien invoquer le souvenir de ce que j'ai éprouvé moi-même à ces différents contacts d'âme où l'on sent plus qu'on ne sait exprimer ni même définir, je dirais en toute vérité que l'esprit de saint Vincent repose spécialement, ce n'est pas assez, respire, *spirat,* dans le cœur de celui qui le remplace et continue ses traditions après deux cents ans ; et cet esprit est toujours frais comme au premier jour. Cela ne doit pas nous étonner; l'esprit des saints participe à l'immortelle fraîcheur de tout ce qui vient de Dieu, de ce Dieu pour qui les choses, après dix siècles, demeurent fraîches comme au premier jour, et les choses d'un jour ont souvent la force et le développement de la maturité, *unus dies apud Dominum sicut mille anni, et mille anni sicut dies unus* (3).

Citons d'abord quelques paroles de saint Vincent, qui renferment toute la substance et comme la vitalité de son âme sur le sujet qui va nous occuper : écoutez religieusement, car tout mon discours ne sera que l'explication de ces belles maximes : « Moins il y a de l'homme dans les affaires, plus il y a de Dieu... Le propre de Dieu est de réduire tout à bien... Quand bien toute la terre

(1) *Eccl.*, L, 8.
(2) *Eccl.*, L, 8.
(3) II Petr., III, 8.

s'élèverait pour nous perdre, il n'en sera que ce qu'il plaira à Dieu... Tout ce que Dieu fait, il le fait pour le mieux... Celui qui loge à l'enseigne de la confiance en Dieu sera toujours favorisé d'une protection spéciale de sa part... Il m'est venu ce matin, en ma chétive oraison, un grand désir de vouloir tout ce qui arrive dans le monde, et bien, et mal de peine tant générale que particulière, puisque Dieu le veut, puisqu'il l'envoie.... Étudions-nous donc d'avoir cette disposition de volonté à l'égard de celle de Dieu, et entre plusieurs grands biens qui en proviendront, celui de la tranquillité d'esprit ne sera pas des moindres (1). »

. Ces paroles de saint Vincent me semblent renfermer la base d'un traité d'optimisme chrétien. Si je me contentais de cet énoncé, mon auditoire, plein de foi, admettrait ces propositions sur la parole de notre saint, *certificabitur quod ita est;* mais peut-être au moins quelques-uns n'auraient pas l'intelligence suffisante de ce grand mystère de la vie : *nihil scientiæ vel intellectus acquiret, sed vacuus abscedet.* Je croirai donc faire une œuvre utile en expliquant les paroles de saint Vincent sur une large échelle, en vous en indiquant la profonde philosophie autant que la tendre piété; en vous montrant comment, au milieu des malheurs des sociétés, des crimes des hommes, des craintes de l'avenir, le chrétien demeure toujours l'homme du bon espoir : *bonæ spei fecisti filios tuos.* Je me tiendrai en dehors de ce qu'on appelle les préoccupations du moment, mais j'aborderai des questions délicates, des pics élevés où se trouvent de chaque côté des abîmes. Je dois le dire cependant avant de commencer : les guides que je suivrai

(1) *Vie de saint Vincent,* par Abelly, l. iii, c. 3-5.

dans ces explorations lointaines sont si sûrs, si éclairés, si pleins d'expérience, que, quelle que soit la hardiesse de leur vol, ils laissent toujours à l'âme la plus complète sécurité; avec eux et sous leur sage direction, nous aimerons à répéter de temps en temps notre grave et joyeux refrain : Le chrétien est l'homme de la confiance et du bon espoir, *bonæ spei fecisti filios tuos.*

Éminence,

Vous avez bien voulu me témoigner souvent une confiance et une affection qui m'ont profondément touché ; et j'aurais presque la tentation de regretter, en cette circonstance solennelle, de n'avoir pu vivre assez près de votre cœur pour le connaître aussi familièrement que d'autres plus heureux. Cependant j'en sais assez pour croire que c'est votre doctrine que je vais prêcher : et si les usages l'avaient permis, il m'eût été particulièrement doux de vous prier de bénir et le prédicateur et l'auditoire, afin que ma parole fasse quelque bien, et ne soit pas trop indigne de l'illustre Prince de l'Église, qui gouverne avec tant de sagesse, et en des temps si difficiles, une des barques les plus agitées de la chrétienté. Que votre cœur fasse au moins ce que mon cœur désire ! il me semble que je parlerai avec plus de confiance, et que ma parole sera moins stérile.

Voyons donc, mes Frères, les raisons de la confiance en Dieu, de la sérénité de l'âme chrétienne, j'allais presque dire de son imperturbabilité, au milieu des crimes, des agitations, des terreurs de l'avenir : puis nous conclurons par quelques considérations pratiques.

I

Raisons de la confiance en Dieu et de l'optimisme chrétien.

Depuis longtemps on a classé les hommes en deux catégories, les pessimistes et les optimistes. Là encore, comme presque toujours, on s'est séparé, parce que le regard prévenu ou distrait n'a pas voulu embrasser à la fois les nombreuses faces d'une même question. Le chrétien serait pessimiste, s'il regardait la terre seulement, et s'il avait placé sa confiance principale dans les hommes ; làdessus je fais hautement ma profession de foi, et je comprends très-bien comment ceux qui n'ont pas de convictions religieuses, ou dont le cœur n'est point soutenu par une confiance inébranlable à la Providence, deviennent facilement sceptiques ou pessimistes ; souvent les deux à la fois, quand surtout ils ont avec le monde de ces contacts d'administration et d'autorité, qui soulèvent à chaque instant les miasmes les plus fétides du cœur humain. Mais la confiance du chrétien est en Dieu principalement, et cette confiance n'a pas de limites ; aussi il embrasse très-volontiers la doctrine de l'optimisme ; je veux dire une sorte d'optimisme du meilleur genre, et que vous comprendrez successivement, l'optimisme dont parle le prophète quand il dit : Seigneur, vous avez voulu que vos enfants fussent les fils de la confiance et de l'heureux espoir, *bonæ spei fecisti filios tuos.*

Pour justifier cette conduite et cette disposition du chrétien parfait, il est nécessaire, mes très-chers Frères, de rappeler certains principes fondamentaux de notre foi ; principes trop oubliés dans le monde, oubliés même par ces chrétiens qui ne prennent jamais la religion que par la superficie, par ses côtés étroits et presque pharisaïques, et quelquefois, ce qui amène de lamentables conséquences, par le côté qui va à leurs intérêts humains.

§ 1.

Les chrétiens ignorants, timides, superstitieux semblent isoler Dieu dans le monde, le mettre exclusivement dans les temples, et le confiner dans un sanctuaire, semblable à un prince exilé, à qui l'on veut bien accorder comme toit hospitalier quelques appartements déterminés. Rendons à la Divinité sa vraie place, et le trône d'où elle n'est jamais descendue. Rappelons les droits imprescriptibles de son incommunicable souveraineté et l'étendue sans limites d'un empire qui embrasse tout et qui n'aura jamais de fin. Le Seigneur, après avoir créé, n'a pas abandonné son œuvre à elle-même, ni à l'énergie de certaines lois mathématiques qui gouverneraient presque en son absence. Il est toujours présent dans les parties les plus lointaines de son vaste royaume, présent par son essence divine, par son opération continuelle, et par une force vitale qui ne cesse pas de développer son activité féconde. Le jour où, par impossible, Dieu se retirerait de la moindre partie de son œuvre, cette portion ainsi déshéritée retomberait dans le néant. La création tout entière peut et doit dire : en lui et par lui, j'ai l'être, la vie et le mouvement, *in ipso vivimus, movemur et sumus* (1). Cette action continuelle de Dieu est merveilleusement décrite dans le langage métaphorique

(1) *Act.*, XVII, 18.

du prophète : « Dieu pèse toutes les gouttes d'eau de l'Océan, comme un homme qui les mettrait dans sa main : il harmonise les cieux en étendant son bras, il soutient de trois doigts toute la masse de la terre, il fait tenir toutes les collines dans sa balance (1). » — Ne nous effrayons pas d'un travail qui serait impossible à des millions de générations humaines. — « L'univers tout entier, continue le prophète, est devant Dieu comme la petite goutte d'eau, au moment où presque desséchée elle tombe du vase, *quasi stilla situlæ*. Toutes les îles sont devant lui comme un petit grain de poussière. » Ici le prophète semble s'arrêter, il craint d'avoir encore trop exalté la grandeur, la puissance, et l'étendue de la création ; il se reprend et il ajoute : «Tous les peuples sont devant Dieu, comme s'ils n'étaient pas, il les regarde, ils sont en sa présence comme le vide et le néant : *Omnes gentes quasi non sint, sic sunt coram eo, et quasi nihilum et inane reputatæ sunt ei.* »

J'aime à me reposer sur ces grandes idées. — Oui, au milieu du bruit que font ces gouttes d'eau, ou plutôt pour ne rien changer au texte, que fait *cette goutte d'eau* qu'on appelle le monde : au milieu de ce bourdonnement qui nous arrive de toutes parts et qu'excitent les fourmilières humaines, l'expression n'est pas de moi, je l'emprunte à saint Chrysostome (2) : au milieu de ces prophètes à vue plus ou moins courte, j'aime à contempler cet Être infini dont la puissance plane sur la nature ; j'aime à m'élever à ce souverain Seigneur de toutes choses. Et quand je vois la goutte d'eau qui s'agite, je ne tremble pas : quand je vois la fourmi qui remue un brin de paille et qui prétend secouer

____

(1) Isaïe, XL, 12-17.

(2) *Formicarum more nobis viri super terram ire videntur.* (Saint Chrys., ad Popul. Antioch., Hom., XV, n° 3.)

l'univers sur ses gonds, je me cache sous les ailes de l'Être que j'aime : là je conserve toute ma paix, et si je n'aimais la fourmi, il y aurait sur mes lèvres un rire de mépris pour ses stériles efforts. — Je le répète, mes Frères, au milieu des événements de ce monde, grands ou petits, on oublie trop ces vérités fondamentales de la foi ; on tremble comme si Dieu était absent de son œuvre, et la livrait à la fureur des assiégeants, ainsi qu'on a vu traiter une ville dont tous les défenseurs sont partis. On oublie que Dieu est plus présent, plus agissant partout, que l'air dans notre poitrine : on oublie que tous les efforts des hommes sont devant lui comme cette petite fourmi que vous rencontrez sur votre chemin, quand il vous arrive de vous baisser par hasard : vous la voyez se dresser, il semble qu'elle porte le monde ; prenez une autre paille, et du plus léger choc, vous allez détruire toutes ses combinaisons. Mais n'anticipons pas sur ce sujet : bornons-nous à constater pour le moment cette présence et cette action toute-puissante de Dieu dans son empire. Pour moi, je l'avoue, quand je me promène à la campagne, sur les bords de la mer, sur le sommet des montagnes, ou dans une immense forêt, j'aime à me rappeler ces paroles de saint Athanase : « Au premier signe de la volonté et par la vertu modératrice du Verbe, le ciel exécute ses mouvements de rotation, le soleil projette sa lumière, la lune roule dans son orbite, l'air est éclairé, le vent souffle, les montagnes se soutiennent dans leur élévation, la mer est agitée, la terre porte ses fruits, l'homme naît, vit et meurt. C'est par lui que que tout se meut et s'anime, que le feu brûle, que les sources jaillissent, que tombent la pluie, la neige et la grêle. C'est lui qui conserve le vol des oiseaux, la marche des reptiles, la croissance des plantes avec leurs formes variées... C'est lui qui meut et qui gouverne tout, en versant la lumière et la vie, et perpétuant le monde dans son admirable unité (1). »

Oui, j'aime à contempler cette action toute-puissante de Dieu : j'en suis heureux et fier comme un enfant qui se promène dans les domaines de son père ; mais aussi, quand je rentre dans le tourbillon des bruits humains, je me rassure. Et lorsque je pense que celui que j'adore et que j'aime comme mon père, est ce maître souverain de l'univers, je réponds aux trembleurs en regardant ce père bien-aimé, et je dors tranquille.

Non-seulement, mes très-chers Frères, Dieu est présent partout, non-seulement il agit d'une manière générale et conservatrice ; mais il opère dans chaque action particulière de la créature, il agit plus que la créature elle-même, il agit plus intimement, plus immédiatement, plus profondément, plus efficacement, plus principalement que la créature, ce sont les propres expressions de saint Thomas (2). Le monde et tout ce qui s'y agite ont donc un mouvement continuel qui vient de Dieu, mouvement qui s'étend à tout, qui se mélange à tout, qui entre en combinaison avec tous les mouvements particuliers ; mouvement si universel, qu'il accompagne même l'acte du péché en tant qu'il est acte, et ne laisse à l'homme que la propriété de ce qui est déréglé. Ce mouvement est si constant, si réel, si énergique, que saint Thomas ne craint pas de dire qu'il est semblable à celui que l'âme communique au corps et qu'il devient comme la vie de l'univers, *est quasi quœdam vita universi* (3).

_____

(1) *Cont .Gentes*, n° 40-44.

(2) 1ᵈ p., q. 8, art. 1, ad 3. — *Potent.* III, art. 7. — 1 *Dist.*, XII, q. 1 a. 3. — *Cont. Gent.*, l. III, c. 67.

(3) *Opusc.*, II, c. 147.

O sainte présence de Dieu dans l'univers, que j'aime à vous contempler, que vous m'êtes douce à méditer ! Vous êtes pour mon âme un pain fortifiant : vous êtes cette table dont parle le prophète, où mon cœur va se rassasier de force, et s'enivrer avec le vin généreux de la confiance et de l'amour : *Parasti in conspectu meo mensam adversus eos qui tribulant me... Calix meus inebrians quam præclarus est* (1) ! Je vous sens dans mes veines, ô délicieuse présence de l'Être infini ! je vous sens dans la moelle de mes os, je vous sens dans mon esprit et dans mon cœur : vous faites, comme une huile de joie, des irrigations continuelles dans mon être, *impinguasti in oleo caput meum.* En dehors de moi, je vous rencontre partout, au ciel où vous avez établi votre tente, sur la terre qui est l'escabeau de vos pieds, et jusque dans le grain de sable que vous maintenez comme la limite de l'océan, *posui arenam terminum mari* (2). Aussi, quand les hommes me disent : Tremblez, les peuples s'agitent ; je réponds : J'ai confiance en Dieu, pourquoi voulez-vous que mon âme s'envole comme le passereau sur les montagnes étrangères (3) ?

Continuons, mes Frères, l'étude de ces vérités consolantes, qui devraient faire la méditation continuelle du chrétien, et qu'on délaisse beaucoup trop pour s'occuper de la poussière humaine. Continuons à fouiller ces veines d'argent purifié, comme parle le prophète, *eloquia Domini, argentum examinatum, purgatum septuplum* (4) : et peut-être éprouverons-nous la satisfaction du mineur qui voit la veine s'élargir et le métal briller davantage.

(1) *Ps.* xxii.
(2) Jérém., v, 22.
(3) *Ps.* x, 1.
(4) *Ps.* xi, 7.

§ 2.

Un Père de l'Église représente quelque part toute créature, mais surtout la créature intelligente, poursuivie par un désir insatiable et inquiet d'entrer en participation avec la source de tout bien, et suspendue par la force de ses aspirations. Elle est là haletante, les yeux élevés, elle appelle une communion avec le bien suprême : je ne veux rien changer à l'énergie de l'expression, *oculis quasi intentis suspiciat, per communionem supremi boni suspensa* (1). Je ne sache rien de plus beau que cette pensée. — L'univers est donc comme un immense canal desséché, suspendu dans l'attente du souverain bien, ainsi qu'une vallée au-dessus de laquelle mugirait une mer impatiente de rompre ses digues.

Mais ma comparaison est-elle juste? Dieu est-il vraiment cette mer impatiente de rompre les digues de son amour? Ici, mes Frères, je ne veux rien dire de moi-même : Il est par le monde chrétien des hommes dont le portrait existe dans l'Évangile, et qui, fils aînés du père de famille, sont toujours jaloux quand on fait entrer les prodigues et qu'on les traite avec bonté, comme si le salut de l'homme n'était pas la chose la plus agréable à Dieu (2) : au lieu de veau gras et de chaussures dorées, ils voudraient qu'on parlât toujours de chaînes et de fouets. Écoutons les saints, cela vaudra mieux.— L'univers est donc suspendu, il regarde le ciel, il ne veut rien moins que la communion

(1) Greg. Nyss., *Cont. Eunom.*, l. 1, t. ii, p. 334-312 (éd. Migne).

(2) Creatori jucundissima est hominum salus. (Cyrill., Alex. *de Trinit.*, c. i, t. viii, p. 1150.)

avec le bien suprême , *communionem supremi boni.* Que va faire Dieu?

Dieu, dit saint Grégoire de Nazianze, a soif qu'on ait soif de lui, *sitit sitiri ;* quand on lui demande un bienfait, c'est lui qu'on oblige, *cum ab eo beneficium petitur, ipse beneficio afficitur* (1). Il donne avec plus de joie que d'autres ne reçoivent. N'ayons qu'une crainte, celle de ne pas demander assez : *Hoc unum caveamus, ne jejuni ac minuti animi notam subeamus, parva Deique munificentia parum digna postulantes.*

Bossuet dont l'austérité de doctrine est assez connue, n'a pas craint de dire : « La gloire de Dieu consiste en » deux choses: premièrement en sa puissance absolue, et « après en sa miséricorde infinie (2). » Remarquez surtout les paroles suivantes où ce grand évêque ne craint pas de faire de la puissance en quelque sorte une servante de la miséricorde : « Par la puissance, dit-il, Dieu enferme en son sein des trésors et des richesses immenses; mais c'est la miséricorde qui ouvre ce sein, pour les faire inonder sur les créatures. La puissance est comme la source, et la miséricorde est comme un canal. La puissance fournit ce que distribue la miséricorde. »

Dirai-je encore, avec saint Chrysostome, que Dieu surpasse, par ses bienfaits, toutes nos espérances, et que c'est la loi ordinaire de sa miséricorde, *liberalitate sua nostras petitiones transcendit, servans solitam suam misericordiam* (3). Ou bien encore avec le même Père : « Dieu est un feu qui cherche occasion de faire irruption, et pour peu que nous fournissions seulement le contingent d'une petite

(1) *Orat.*, 40, n° 2, t. 2, p. 398 (éd. Migne).
(2) *Sermons pour l'Exaltation de la Sainte-Croix.*
(3) *In Genes.*, hom. 65, n° 2, t. IV, p. 721.

étincelle, il allume un vaste incendie, un incendie de bienfaits. *Ignis ille occasionem solum requirit : et si parvam illi scin-
tillam præbeas, ingentem beneficiorum flammam accendit* (1). »
Ajouterai - je avec saint Bernard « que Dieu est tellement bon qu'il fait semblant d'avoir besoin de nous, pour
nous attirer à lui et nous rendre heureux (2) ? »

Ainsi, mes Frères, voilà la situation des parties belligé-
rantes : l'humanité suspendue sous la bonté de Dieu, n'as-
pirant à rien moins qu'à vivre de la vie et de l'amour infinis,
d'une part, et de l'autre l'Être infiniment bon, qui a besoin
de faire du bien, qui ressemble à une mère dont la poitrine
chargée de lait cherche ses enfants pour les nourrir : l'Être
infiniment puissant, mais dont la puissance est au service
de la bonté, et qui, selon une belle remarque de saint
Denis (3), est en extase perpétuelle d'amour vis-à-vis de sa
créature, c'est-à-dire éprouve un besoin continuel de sortir de lui-même, pour se donner, pour se verser, pour dé-
charger son cœur. Telle est est la situation : est-elle si in-
quiétante ? Je ne le pense pas.

Je prévois l'objection ; mais les crimes des hommes ne
sont-ils pas un obstacle à l'effusion de la miséricorde, et
ne provoquent-ils pas la colère divine ? Mes très-chers
Frères, il est inutile de dire que j'admets tout ce que l'É-
glise, dans sa doctrine officiellement reconnue, nous enseigne à ce sujet : mais je souligne à dessein mes dernières
paroles ; car de plus en plus il faut discerner entre la parole de vérité et la parole de l'homme, qui nous arrive tous

---

(1) *In Math.*, hom. 22, t. vii, p. 320.

(2) Necessitatem se habere aut facit aut simulat, dum vestris cupit necessita-
tibus subvenire. (Saint Bernard, *Ep.* ccclix, alias ccclxiii, al. cccxxii, ad Orient.
Franciæ Clerum et populum.)

(3) *De Div. nom.*, c. iv, § 13-17, c. 10.

les jours pour surprendre de trop crédules piétés, et qui souvent voudrait s'imposer avec d'autant plus de violence qu'elle est simplement la parole de l'homme.

§ 3.

Oui, la justice de Dieu existe ; je dirai même, avec Tertullien, qu'elle existe comme administration de bonté, *omne justitiæ opus procuratio bonitatis est* (1). La justice de Dieu existe comme sanction de la loi divine, et comme protection de la vertu : et les peuples ainsi que les individus, quand ils s'écartent de la route, rencontrent cette justice supérieure qui les poursuit malgré eux, et cherche à les ramener au bien par des voies douloureuses. Il n'entre point dans notre sujet d'examiner cette face des attributs divins : c'est la miséricorde qui m'appelle, la miséricorde dont les manifestations sont plus nombreuses et plus universelles que celles de la justice ; la miséricorde qui est au-dessus de toutes les œuvres de Dieu, et qui du reste conserve avec la justice des liens intimes que nous ne soupçonnons peut-être pas. Parcourons ce nouvel et magnifique horizon.

Qu'est-ce que la nature divine ? Écoutons le langage des saints docteurs : il élève l'âme, il la clarifie, il lui donne force et sérénité. « Dieu, dit saint Léon, est tout-puissant et rempli de clémence, sa nature est la bonté, sa volonté est la puissance, son œuvre est miséricorde, et sa volonté ne peut pas être dépouillée de la bonté, *Deus omnipotens et clemens cujus natura bonitas, cujus voluntas potentia, cujus opus misericordia est, cujus voluntas non potest sua benignitate pri-*

____
(1) *Adv. Marc.* l. II, n° 13.

vari(1). « Dieu, dit saint Cyrille, est une large et inépuisable fontaine de tout bien, c'est un fleuve de bienfaits, c'est une lumière qui brille toujours, c'est une puissance invincible qui s'abaisse jusqu'à nos infirmités » (2). — Mes Frères, commencez-vous à comprendre pourquoi j'espère malgré les crimes des hommes? c'est-à-dire, commencez-vous à comprendre pourquoi, en présence de la splendide clarté de l'astre du jour, la lumière et la chaleur envahissent tout mon être? Vous me montrez avec effroi dans les basses vallées quelques humides et sombres vapeurs, et moi je regarde le soleil : ne m'en faites pas un crime; le soleil dont la chaude et active lumière va chasser devant elle tous ces atomes nébuleux. Si vous m'accusiez d'exagération, j'irais encore plus loin et je dirais avec saint Chrysostome, que toute la malice des hommes en présence de la miséricorde de Dieu est tout au plus comme une petite étincelle qui tomberait dans le gouffre tourbillonnant de la mer, elle est éteinte presque avant d'être tombée, *quemadmodum scintilla medium in pelagi voraginem incidens* (3).

Cela doit être ; car il est écrit que Dieu acquiert de la gloire quand il pardonne, *exaltabitur parcens vobis* (4). Saint Chrysostome affirme que Dieu s'enrichit par notre justification, *divitias suas nostram putat esse salutem* (5).—Un autre Père enseigne que l'heure de la conversion de l'homme est pour Dieu un grand jour de fête, *est ei magna festivitas* (6). — Aussi quand Dieu pardonne, il veut que toute la terre

(1) *Serm.*, xxii.
(2) *Cat.* vi, c. 9, p. 554.
(3) *Ad. illumin.*, i, t. ii, p. 270. Ed. Gaum.
(4) Isaïe, 30-18.
(5) *In Math.*, hom. 22.
(6) Origen. *in Numer*, hom. xxiii.

prenne part à ce jour de fête ; il l'annonce solennellement :
« Cieux, réjouissez-vous, dit le prophète, parce que Dieu a
répandu ses miséricordes ; que les extrémités de la terre
soient dans l'allégresse ; que les montagnes elles-mêmes,
que les forêts fassent entendre un frémissement de joie,
parce que Dieu a pardonné à son peuple (1).

L'Église, dans un de ses offices, met sur les lèvres de
ses ministres la prière suivante : « O Dieu, qui manifestez
votre puissance surtout par le pardon et la miséricorde,
*Deus, qui omnipotentiam tuam parcendo maxime et miserando
manifestas* (2). Avez-vous jamais réfléchi sur le sens de ces
paroles ? Elles signifient, dit saint Thomas, que Dieu est
absolument libre de pardonner comme il veut, et quand
il veut, ce que ne font pas, ce que ne peuvent faire les
êtres qui sont astreints par une loi supérieure (3). Elles
signifient que la justice elle-même n'est point ici en cause,
que Dieu lui lie les mains quand il le veut, que la miséricorde passe au-dessus comme un océan débordé. « Dieu,
continue ce Docteur, est tellement maître et tellement
bon, qu'il récompense toujours au delà du mérite, qu'il
punit moins qu'on ne mérite, et qu'il peut diminuer la
peine du crime et même le remettre tout à fait (4).

N'est-ce pas d'ailleurs la pensée qui inspirait ces belles
paroles du livre de la Sagesse : O mon Dieu, vous êtes
plein de miséricorde pour toutes vos créatures, parce que
vous êtes tout-puissant, *misereris omnium , quia omnia
potes* (5), vous dissimulez les péchés des hommes pour les

---

(1) Isaïe, XLIV, 23.

(2) Domin. X, post Pentecostem.

(3) 4. *Dist.* 46, q. 1.—*V. encore* S. Thomas, I p., q. 25, art. 3 et 5.—q. 21, art. 3.
— III p. q. 46, art. 2.

(4) 4 *Dist.* 46, *passim.*

(5) *Sav.* II 24-27.

amener à la pénitence. Vous aimez tout ce que vous avez fait, vous pardonnez à tous, parce que tout est à vous, ô mon Dieu, à vous qui aimez les âmes : *Parcis autem omnibus, quoniam tua sunt, Domine, qui amas animas.* — Je ne sais si je me trompe, mes très-chers Frères, il me semble qu'on ne met pas assez souvent en lumière ces grandes vérités ; on les remplace par des doctrines qui rétrécissent, qui étiolent, qui étouffent les âmes. Or, les âmes plus que les corps ont besoin de grand air et des grands horizons de lumière.

Est-ce la fin de ces mystères? Non, les ruses d'amour sont infiniment variées dans le cœur de Dieu, *astutias illius quis agnovit* (1) ? — La justice, dit saint Chrysostome, est très-souvent, dans l'Écriture, synonyme de bonté (2). — Quelle est l'explication de cette nouvelle énigme? — Dieu est souverainement bon, et sa bonté est sans limites autres que celles qui sont tracées par sa sagesse, à tel point, disent les docteurs, que sans les exigences de la sagesse, la miséricorde d'un seul bond couvrirait la justice et inonderait la terre. Dieu est donc infiniment bon, mais il est juste que l'être souverainement bon pardonne, qu'il oublie, qu'il aime ses enfants, qu'il leur ouvre les bras de sa miséricorde quand ils reviennent à lui : *Dicitur justus,* dit saint Thomas, *in eo quod peccatoribus parcit, quia decet eum* (3). Voilà donc la justice même qui se met de la partie pour engager Dieu à pardonner; à ce point de vue, le pardon est une question de haute convenance pour Dieu. Or, est-il juste que Dieu observe les règles de la haute convenance ? *Decet eum,* dit l'Ange de l'école. Ce que je dis est sans doute

(1) Eccli. i, 6.
(2) *In Psalm.* 142, n° 1.
(3) 4. *Dist.*, 46, q. i, a. 1.

une sorte de contre-sens avec la valeur ordinaire des mots; je l'avoue, mais ce sont des contre-sens divins que j'admire et que je rencontre très-souvent dans la lecture des grands maîtres de la religion. Oui, je le redirai encore, et quelle que soit la hardiesse des expressions, je n'y changerai rien, elle appartient au style des saints; la justice se changeant en bonté, servant à manifester la bonté, se changeant en corollaire de bonté, la justice ainsi considérée, est pour Dieu une question de décence, *et secundum hoc justitia Dei respicit decentiam ejus.*

Saint Anselme a traité ce sujet avec une telle supériorité de vues, de langage, de tendresse, que je me reprocherais de ne point vous le citer. Il s'adresse à Dieu, et lui parle avec une familiarité d'ami (1) : « Seigneur, vous êtes miséricordieux parce que vous êtes juste, car il est juste que vous soyez tellement bon que vous ne puissiez être conçu meilleur. . . Et assurément il n'en serait pas ainsi si vous étiez bon seulement en récompensant et non en pardonnant. . . Il est donc juste que vous pardonniez aux méchants et que vous les rendiez bons. . . Quand vous pardonnez aux méchants, vous faites une chose juste, non point qu'ils méritent le pardon, mais vous faites une chose qui est bienséante à votre bonté. . . Ainsi donc c'est de votre justice que naît votre miséricorde, parce qu'il est juste que vous soyez tellement bon que vous exerciez votre bonté en pardonnant. »

Quel merveilleux enchaînement, et comme tout est sauvegardé par cette doctrine ! De nous-mêmes, nous ne méritons rien, nos crimes seraient dignes de châtiment, et sous ce rapport il serait juste que Dieu nous punît. Mais

______

(1) *Proslogium*, c. 9, 10 et 11.

quand Dieu regarde sa bonté, il se trouve que sa justice elle-même intervient et plaide la cause du pécheur, parce qu'il est juste que Dieu soit tellement bon, que cette bonté s'épanche sur ceux qui en ont le plus besoin.

Nous arrivons peut-être ainsi à l'intelligence d'une parole profonde de saint Thomas, que j'ai été très-longtemps à comprendre. Non-seulement la miséricorde n'est pas opposée à la justice, mais elle en est le complément, la plénitude, *misericordia non tollit justitiam, sed est quædam justitiæ plenitudo* (1); c'est-à-dire, si je ne me trompe, que souvent les crimes des hommes arrivent à un tel point qu'il faudrait des éclats de tonnerre ; mais alors, si les règles de la sagesse ne s'y opposent, Dieu se souvient avant tout qu'il est infiniment bon, il se souvient de ce qu'il se doit à lui-même, et à la convenance de son amour paternel ; il oublie ce qu'il devrait à la perversité humaine, et la miséricorde qui est comme l'armée de réserve toujours prête à faire une charge divine pour renverser par l'amour ces travaux avancés que la malice semble préparer à la vengeance ; la miséricorde arrive, elle se précipite comme un fleuve, *quasi fluvius inundabit* (2) ; elle comble ces abîmes de misères qui paraissaient réservés à l'action dissolvante et vengeresse de la justice. *Misericordia est quædam justitiæ plenitudo.*

Je termine ces aperçus sur la miséricorde par une pensée de saint Bernard (3), qui est comme la clef du mystère : Savez-vous pourquoi Dieu ne s'appelle pas le père de la justice, mais le père des miséricordes ? cela tient sans doute à ce que la miséricorde va bien à celui qui est père.

(1) I p., q. 21, a. 3, ad secundum.
(2) *Eccle.*, xxxix, 27.
(3) *De natal. Domin.* Serm. 5.

Maìs il existe une raison plus belle et plus profonde! Dieu trouve en lui les causes de la miséricorde, et en nous les causes de la justice. Les causes de la miséricorde sont infinies comme sa bonté, mais nos iniquités qui sont la cause de sa vengeance ont beau être graves et nombreuses, elles sont limitées, elles sont, comparées à Dieu, comme une petite étincelle qui va se perdre dans l'Océan; et si l'on faisait une équation mathématique, on trouverait d'un côté l'infini, et de l'autre une quantité relativement égale à zéro. Ou bien encore, je comparerai les crimes des hommes à un point presque invisible perdu dans un cercle immense de miséricorde et d'amour; selon cette parole : « Je suis riche en pardon, et mes pensées de bonté sont élevées au-dessus de vos pensées, autant que le ciel est élevé au-dessus de la terre, *Multus est ad ignoscendum... sicut exaltantur cœli à terra, sic exaltatæ sunt viæ meæ a viis vestris, et cogitationes meæ a cogitationibus vestris* (1) (Isaïe, LV, 7-9). — Dieu, dit saint Athanase, a employé des inventions merveilleuses et divinement effrayantes pour sauver l'homme, *tremendis et admirandis machinis usus est propter hominum salutem* (2). — Je ne m'étonne point de ces paroles; il devait en être ainsi; c'était une affaire de bienséance divine, *respicit decentiam ejus.*

Il reste une grave question qui semble opposée à notre thèse, c'est la question du mal, de son étendue, de ses progrès effrayants. Ne reculons pas devant cette difficulté;

(1) Ea est proportio misericordiæ Dei ad homines, quæ cœli est ad terram : hoc est circuli immensi ad unum punctum et centrum quasi dicat : in immensum nos nostraque merita, nostrasque cogitationes, æque ac miserias, superat et ambit, firmat semper et roborat altissima Dei misericordia. (Cornel. à lapid., *In Isaiam,* c. LV, v. 9.)

(2) *Fragm. in Psal.* LXV, p. 586, t. III. Ed. Migne.

étudions-la brièvement, mais avec la profonde attention qu'elle mérite.

§ 4.

Le mal existe en ce monde, il est grand, il est profond, il est en un sens universel : les crimes des hommes s'élèvent tous les jours par-dessus leur tête : *Inundaverunt super caput meum* (1). C'est vrai; et cependant je ne retire pas une seule de mes pensées; je trouve, même en ce qu'on m'objecte presque une raison d'espérer. Il y a donc encore ici ce que j'ai appelé un contre-sens divin.

Dieu veut le bien toujours; c'est sa première pensée, son premier mouvement; il le veut non-seulement en lui, mais dans toutes ses œuvres. Il aime tellement sa bonté qu'il en veut la communication aussi complète, aussi parfaite que le comporte la nature de chaque être. Si la créature avait été fidèle à ce plan divin, elle serait montée de perfections en perfections, et la pensée du Seigneur se serait réalisée dans son premier idéal. La créature a failli à son mandat divin : elle a quitté la voie.

La toute-puissante bonté de Dieu restera-t-elle désarmée? Non, il y aurait là, comme parlent les Pères, quelque chose qui ne siérait ni à la bonté, ni à la justice de Dieu, à la justice dans ses rapports avec la bonté divine. — Le Seigneur pouvait empêcher le mal ou l'anéantir; il a jugé plus sage et meilleur de le laisser à ses propres forces, de le permettre, et de le vaincre par une surabondance de biens, *sapientiam non vincit malitia* (2).

(1) Thren., 3-54.
(2) *Sag.*, vii. 30.

Ici commence l'examen d'une des plus redoutables questions qui aient agité la philosophie, et que la théologie elle-même n'aborde qu'avec un religieux effroi. C'est là surtout que chancellent les esprits dont la piété n'est pas éclairée, ou dont la foi n'est pas robuste à la Providence. Heureusement, les âmes qui, comme les aigles du ciel, se sont promenées avec un intelligent amour sur ces abîmes, si elles n'en ont point complétement éclairé les mystérieuses profondeurs, ont néanmoins laissé tomber quelques paroles que nous allons recueillir : paroles lumineuses que je comparerai à ces matières embrasées que j'ai vu jeter le soir sur des masses d'eau qui tombent dans les précipices ; elles n'éclairent pas entièrement, mais elles laissent entrevoir.

Il est d'abord certain que si Dieu a permis le mal, c'est qu'il s'est senti la sagesse et la volonté d'en tirer un plus grand bien. Il a vu, en créant les êtres libres, la possibilité de l'abus et la réalité future des crimes, mais en même temps et surtout il a vu sa bonté et sa miséricorde planant sur ce chaos, comme autrefois son Esprit sur les grandes eaux, coordonnant le mal, lui faisant subir une transformation divine, et lui arrachant, par un pouvoir en quelque sorte supérieur à celui de la création, un bien dont il ne contenait pas les germes (1). Aussi, en considérant le résultat suprême de toute chose, le Créateur a pu dire avec un sentiment de souveraine complaisance, que tout était très-bien, *et erant valde bona* (2). En se plaçant à ce point de

(1) Si malum a quibusdam partibus universi subtraheretur, multum deperiret perfectionis universi, cujus pulchritudo ex ordinata bonorum et malorum adunatione consurgit, dum mala ex bonis deficientibus proveniunt, et tamen ex eis quædam bona consequuntur ex Providentia gubernantis, sicut et silentii interpositio facit cantilenam esse suavem. (St. Thomas, *Cont. gent.*, l. iii, c. 71, n° 6.)

(2) *Gen.*, I, 31.

vue, on peut dire que le mal fournit à Dieu le moyen de faire un bien qui n'eût pas été possible sans la permission du mal, c'est-à-dire le bien extrait d'un élément mauvais et corrompu, le bien résultant, par la puissance et la volonté de Dieu, de la dépravation humaine. C'est, dit saint Augustin, comme le poison qu'un habile pharmacien change en remède salutaire. *in salutaria medicamenta* (1). — N'est-ce pas, d'ailleurs, la pensée qui a inspiré le chant de l'Église : O l'heureuse faute, qui nous a mérité un pareil rédempteur ! *O felix culpa* (2) !

Nous l'avons dit, mes très-chers Frères, cette question est grave ; c'est peut-être une des plus graves de la théologie. Les solutions sont délicates, commençons par le langage clair, net et positif des docteurs. Quand ils auront ouvert la tranchée, nous marcherons avec plus de sécurité (3). « Si Dieu prévoyant la chute de l'homme l'a permise, dit saint Bonaventure (4), c'est qu'il savait ses desseins de rédemption ; et la réparation de l'homme a été plutôt dans l'intention de Dieu au jour où il l'a tiré du néant, que la création d'un être qui peut tomber. Ce n'est point la malice de l'homme qui lui a profité,

---

(1) *De civ. Dei*, l. II, c. 22.

(2) St Ambroise a dit aussi : Felix ruina quæ reparatur in melius. (*In Ps.* 39. n° 29.)

(3) Dieu a permis le mal : « Simul prævidens quanta de illo bona esset sua mirabili bonitate ac potestate facturus. (St. Aug. *De Gen. ad litt.*, l. II, n° 29.) — Deus permittit mala fieri, ut inde aliquid melius eliciat. (St Thomas, III p. q. 1, art. 3, ad tertium.) — Dieu permet le mal « quia de nostro malo ipse multa bona operatur (St Isid. *Hisp. sentent.*, l. III, c. 57). — Dieu a permis le mal *intentione atque consilio quodam meliori.* (Greg. Nyss. *De Infant.*, t. III, p. 190.) — Sapientia (Dei) per contraria quod melius est disponit. (*Id. De mortuis*, t. III, p. 523.) — Solet Deus, quando a quopiam per ignaviam delapsi sumus, omnia facere, nec ante desistere, quam nos ad multo majora iis quæ amisimus extulerit. (St Chrysostome, *Hom.*, 3 præs. imper., t. 12.)

(4) III. *Dist.* q. 2, art. 2.

mais bien la bonté et la sagesse de Dieu. Car la sagesse de
Dieu triomphe de la malice : aussi Dieu ne permet aucun
mal, dont il ne tire du bien, et même un plus grand bien :
autrement, sa sagesse ne remporterait pas un triomphe
complet sur la malice, *Non patitur esse malum aliquod, de
quo non eliciat bonum, et etiam majus bonum, alioquin non
perfecte vinceret malitiam* » — Dieu permet quelques maux
en ce monde, dit saint Thomas : il pourrait les empêcher,
mais il les permet, de peur qu'en les enlevant, il ne dé-
truise de plus grands biens ou n'occasionne de plus grands
maux, *Ne his sublatis, majora bona tollerentur, vel etiam pejora
mala sequerentur* (1). — La souveraine sagesse de Dieu, dit
saint Anselme, change en ordre et en beauté pour l'ensemble de l'univers, la perversité des pensées et des volontés
de la créature... et il tire du mal toute sorte de biens, *mul-
timoda bona...* (2). » Aussi l'Ange de l'école s'écrie quelque
part : « C'est à cause de l'ordre de sa sagesse et de la grandeur de sa bonté que Dieu permet le mal (3). »

Voilà. mes Frères, le langage de la grande théologie.
Ces seuls principes suffiraient à faire retrouver à l'âme
la sérénité dans la hauteur, alors même que nous ne con-
naîtrions aucun détail sur cette magnifique solution. Quand
j'ai la certitude que l'Être infiniment bon ne permet le mal
que pour en tirer un plus grand bien, j'éprouve presque le

---

(1) II a. 2ᵃᵉ, q. 10, art. 11.

(2) *Cur Deus homo*, c. 15.

(3) Secundum Augustinum (*Enchir.* I) Deus est adeo bonus, quod nunquam
aliquod malum esse permitteret, nisi esset adeo potens quod de quolibet malo
posset elicere bonum. Unde nec propter impotentiam, nec propter ignorantiam
Dei est quod mala in mundo proveniant, sed est ex ordine sapientiæ suæ, et ma-
gnitudine bonitatis, ex qua provenit quod multiplicentur diversi gradus bonitatis
in rebus ; quorum multi deficerent, si nullum malum esse permitteret. (St Thomas, *Potent.* q. 3, *de creat.* art. 6, ad quartum.) — Et ideo decet ut (Deus) mala
facere permittat. (*St Thomas*, 2 dis. 34, art. 1, ad quintum.)

besoin de m'endormir sur le sein de cette admirable Providence, sans vouloir en connaître davantage, et de répondre à chaque difficulté par un sommeil plus profond. Je crois non-seulement à un ordre providentiel, mais à un ordre providentiel d'amour, dont la première pensée est l'amour, dont le dernier mot est l'amour. Je crois, et cependant je ne vois pas ; mais je fais mieux que voir les ruisseaux, je vois la source, je vois l'infinie bonté, j'ai la clef de ses projets, je sais que cette souveraine sagesse change en ordre et en beauté la perversité des créatures. Cela me suffit ; j'ignore et je veux ignorer les détails ; j'aime mieux m'endormir en ce monde pour me réveiller en l'autre avec la claire vue. Car, que pourrait-on me dire ici-bas ? que pourrait-on me présenter, sinon des ombres qui ne me satisferaient pas complétement ? Au lieu que cette pensée, dont je ne tiens pas à savoir les nombreuses ramifications ; cette pensée, qui est tombée du cœur de Dieu dans le cœur des saints, Dieu ne permet le mal que pour un plus grand bien ; cette pensée me suffit, en attendant le ciel. Combien de choses d'ailleurs qui nous paraissent un mal dans les sphères inférieures (1), et qui sont un bien dans les sphères élevées, dans la région des causes supérieures, en présence desquelles nos misérables intérêts d'un jour ne méritent pas d'être comptés, parce qu'ils passent, parce qu'ils s'en vont comme le nuage, et que souvent d'ailleurs, ils ne sont pas fondés sur la justice, tandis que ce qui est éternel demeure dans le calme impassible du vrai et du juste (2) !

(1) Res habent contrarietatem ad invicem quantum ad proximos effectus ; sed tamen concordant etiam contraria in ultimo fine, ad quem ordinantur secundum harmoniam quam constituunt. (St Thomas, II. *Dist.* i, q. 1.)

(2) Dum (Deus) ex magnis malis majora elicit bona, commendabilior redditur

Cependant, mes Frères, essayons de scruter avec une pieuse vénération les mystères divins : nous ne connaîtrons jamais sur la terre les principales et plus intimes raisons de la permission du mal (1), et toutefois il est des aperçus qui peuvent satisfaire les esprits raisonnables.

Dieu d'abord se sert du mal pour corriger les abus du bien. Telle est la faiblesse humaine que le mal se mélange presque toujours au bien dans le fait ou dans les intentions ; il s'agglutine au bien d'une manière si intime qu'il devient difficile de l'isoler : quelquefois il finit par tellement recouvrir le bien, que l'œil le plus exercé ne connaît plus rien au mélange. Et, chose étonnante ! ces parties étrangères, souvent mauvaises, que l'humanité soude au bien, elle y tient parfois avec plus de ténacité qu'au bien lui-même. N'est-ce pas là l'histoire des individus, des dynasties, des nations, du genre humain tout entier ? Qui donc alors pourra dégager l'œuvre de Dieu ? car il faut que l'œuvre de Dieu s'accomplisse, et elle marche à travers le monde malgré les obstacles. Sera-ce le bien ? Non, sa lime est trop douce. Il faut la dent acérée du mal (2) ; elle broie quelquefois tout, *dentes et ungues ejus ferrei* (3). Mais la Pro-

et potentia, et sapientia, et bonitas, propter quod exclamat Gregorius, et dicit : O felix culpa !... Et ideo si quis velit attendere quantum sit commendabilis Deus in operibus suis, non debet aspicere solum ad illud quod præsentialiter videt, verum etiam ad antecedentia et futura : quia sicut pulchritudo metri non percipitur una syllaba, sed in versus integritate, sic pulchritudinem divinorum operum et laudabilitatem respicere non potest, qui respicit ea in parte. (St Bonavent. L. II, *Sent. Dist.*32, art. 3, q. 2.)

(1) Saint Augustin, après avoir énuméré les raisons qui lui paraissent les plus plausibles pour justifier la permission du mal, ajoute et suppose qu'on peut en trouver encore de meilleures : *Sive quid melius inveniri potest, inveniatur.* (*De Gen. ad litt.* lib. XI, n° 33, t. III, p. 460. Ed. Gaume.)

(2) Idcirco sunt necessarii mali, ut quoties boni offendunt, flagellentur ab eis. (St Isid. Hispa.;*Sent.* l. III, 57.)

(3) *Daniel,* VII, 19.

vidence survient, qui reprend son bien, lui donne un coup de feu, opère une nouvelle fusion et jette au moule une seconde et plus magnifique statue. — Le bien, les honnêtes gens, les chrétiens eux-mêmes, c'est le métal exposé à l'air : la rouille l'a tellement enveloppé qu'il a revêtu une forme étrangère. Jetez-le dans ces substances liquides que la science appelle les acides, introduisez les réactifs ; le corps étranger est aussitôt saisi, énergiquement dissous et victorieusement chassé. Ainsi le mal est entre les mains de la Providence, le meilleur, le plus énergique et quelfois le nécessaire réactif pour dégager le bien. Celui qui est dans la fournaise ne juge pas sainement, il crie à l'injustice, à la cruauté (1) ; mais l'opérateur voit l'avenir, il voit le plus grand bien, et il continue le travail de réparation. Combien l'auteur du livre des *Machabées* était éloigné des pensées de plusieurs chrétiens, quand il s'écriait : « Je conjure ceux qui liront ce livre de ne point avoir horreur des calamités qu'il renferme ; qu'ils considèrent plutôt que ces choses sont arrivées, non pour notre ruine, mais pour notre correction : *Obsecro autem eos qui hunc librum lecturi sunt, ne abhorrescant propter adversos casus, sed reputent ea quæ acciderunt, non ad interitum, sed ad correptionem esse generis nostri* (2).

Sans le mal d'ailleurs, que de biens n'existeraient pas ! Où serait la patience sans la douleur et sans les méchants, l'énergie sans la persécution, la douceur sans la violence, la gloire sans le danger, le pardon sans la vengeance, la

(1) Appliquons ici une belle pensée de M. de Maistre :

« L'univers est rempli de supplices très-justes, dont les exécuteurs sont très-coupables. » (*Lettre* du 29 mai 1819.)

(2) II *Mach.*, vi, 12.

vertu sans l'opposition ? Je dirai encore : Où serait l'énergie
des gens de bien ? Les gens de bien ! Quand ils n'ont pas à
côté d'eux la lime des méchants, ils commencent à s'endormir dans l'inertie et l'indolence, et plusieurs terminent
leur sommeil dans l'iniquité. Le mal arrive, et c'est un ter-
rible agitateur : le mal arrive, et en présence de l'ennemi,
il faut bien se tenir debout. — Sans le mal, l'univers serait
donc privé d'une somme de biens particulièrement beaux.
La soustraction du mal, dit saint Thomas, entraînerait la
diminution d'une multitude de biens, ce qui ne doit pas
être, *oporteret bonorum multitudinem diminui, quod esse non
debet* (1).

Voyez ce magnifique tableau! Les figures ressortent
pleines de radieuses clartés. Quels tons dans les couleurs !
quelle vivacité d'expression dans les physionomies ! quelle
souplesse dans les contours! — Mais pourquoi ces ombres
noires, obscures, pourquoi ces demi-teintes? Pourquoi
tout n'est-il pas tout lumineux ? Enlevez ces parties téné-
breuses. — Prenez garde, direz-vous, c'est ce qui fait ressortir la beauté du tableau (2). Je vous remercie de l'ob-
servation, elle me fournit encore une réponse. La beauté
admirable de l'univers, est un résultat de tous les éléments
qui le composent : le mal lui-même fait ressortir le bien,
eminentius commendat bona (3). C'est aussi la pensée de saint
Ambroise : « Le mal met le bien en saillie, *per mala factum
est, ut bona eminerent* (4). N'est-ce pas l'ombre du tableau?
C'est, dit encore saint Thomas, une beauté de comparaison

---

(1) *Cont. Gent.* l. III, c. 71, passim.

(2) (Sicut) umbræ in picturis eminentiora quæque distinguunt, ac non specie,
sed ordine placent. (Aug. *De Gen. Imp. lib.* n° 25.)

(3) Aug. *Enchiridion*, c. 9, 10.

(4) De Isaac et an., c. VII.

qui perfectionne le bien, *decor resultans in bonum ex compa-
ratione mali* (1).

Me servirais-je d'une autre comparaison, en revenant
à une idée familière aux docteurs ? L'univers est le poëme
de Dieu : or, dans un poëme il y a des antithèses, quelquefois des irrégularités apparentes. Mais pour celui qui a
le sens élevé et le tact poétique, tout est beau dans l'ensemble et la beauté résulte de ces diverses oppositions.
« C'est ainsi, dit saint Augustin, que le monde, par le
contraste du bien et du mal, est orné d'une beauté merveil-
leuse et que peu de personnes savent apprécier, *mirifica
et paucis cognita pulchritudine decoratur* (2). C'est dit saint
Prosper, la magnifique antithèse qui met en lumière l'admirable poëme de Dieu , *atque ordinem seculorum, quasi
pulcherrimum carmen etiam ex quibusdam antithetis hones-
taret* (3).

Saint Augustin achève la pensée : « De même que l'opposition des antithèses et des contraires fait la beauté du
langage : ainsi la beauté du monde résulte de la sage disposition des contraires : ce n'est plus une éloquence de
paroles, mais de choses : *Ita quadam non verborum, sed
rerum eloquentia contrariorum oppositione seculi pulchritudo
componitur* (4). — Cette opposition du mal, dit saint Thomas, est comme le point silencieux qui donne au chant de

---

(1) I, Dist. 44, q 1, a. 3. Le mal arrive par l'action de Dieu à former comme
une sorte de supplément à la beauté générale, *neque... sine supplemento esse
decoris universi.* (St Aug. *de Gen. ad litt.*, l. I, n° 34.)

(2) *In Ps.* vii, n° 19. Sed ista ut videnda sunt videre paucorum est. (Aug. *de
Quant. anim.*, c. 36, t. I, p. 734.)

(3) *Sent.*, c. 14.

(4) *De civit. Dei*, l. XI, c. 18.

la douceur, *sicut silentii interpositio facit cantilenam esse suavem* (1).

Il est une pensée de saint Augustin qui m'avait presque scandalisé à première vue : peut-être maintenant en aurons-nous quelque intelligence : « Le mal est mal, mais il est bon que le mal existe, *tamen ut non solum bona , sed etiam sint et mala, bonum est* (2). » « La Providence divine, dit-il encore, possède les secrets d'une médecine ineffable pour changer la laideur du vice en un genre de beauté tout particulier (3). »

Ces propositions sont d'autant plus incontestables que Dieu arrive à ses fins en se servant des projets des méchants. Il surprend les sages dans leur habileté, et il fait servir la contradiction de leur volonté à l'accomplissement de sa volonté souveraine (4). On dirait vraiment un habile cavalier qui laisse un instant s'apaiser la fureur de son coursier, puis l'aveugle insensiblement par un procédé à lui connu, et dirige ensuite sa force indomptée, là où lui-même avait un rendez-vous. Aussi Dieu ne se presse pas dans les événements, il est patient, parce qu'il est éternel ;

(1) *Cont. Gent.* l. III, c. 71, n° 6. — Les mêmes images se présentent aux grands maîtres de la religion. Ecoutons St Augustin : Sicut in cantando interpositiones silentiorum certis moderatisque intervallis, quamvis vocum privationes sint, bene tamen ordinantur ab iis qui cantare sciunt, et suavitati universæ cantilenæ aliquid conferunt... (*De Genes. imperf. lib.* n° 25, t. III.)

(2) *Enchiridion, n° 96.*

(3) *De verâ relig.* n° 51.

(4) « Multa fiunt quidem a malis contra voluntatem Dei : sed tantæ est ille sapientiæ atque virtutis, ut in eos exitus sive fines, quos bonos et justos ipse præscivit, tendant omnia quæ voluntati ejus videntur adversa. » (*De civit. Dei,* l. XXII, c. 2.)

In universa natura occultis atque abditis sinibus, quos nec oculorum nec mentis acie penetramus, novit quemadmodum malis Deus bene *utatur, ut in omnibus quæ nascuntur et administrantur in mundo, voluntas Omnipotentis impleatur.* (*Sermo* 214, p. 1374.)

il laisse aller les choses à un état désespéré , et alors il frappe de ces coups subits qui étonnent et rassurent. Quand le Tout-Puissant veut montrer à tous que c'est lui, et lui seul qui gouverne, il procède ainsi par bonds imprévus.

Mais alors, direz-vous, Dieu a donc besoin des méchants pour arriver à ses fins ? les méchants lui sont donc nécessaires ? — Non, mes Frères, Dieu n'a pas besoin des méchants : sans eux il aurait fait son œuvre, et magnifiquement ; mais l'existence des méchants étant donnée, il s'en sert pour son œuvre ; s'il est nécessaire, il refait cette œuvre sur un plan peut-être modifié, mais qui n'en est que plus beau : ainsi brillent sa sagesse, sa puissance et son infinie bonté, trois attributs dont le flot monte et couvre toujours la malice de l'homme.

Il est donc vrai de dire, en nous plaçant sur les sommets de la création, que tout est beau (1). Je demande pardon

(1) Testimonium ferens optimæ Dei administrationi , et ostendens quod res nostræ semper procedunt ad id quod est melius et præstantius (S. Chrys. in *Épist.* ad Cor.., Hom. 41, n° 4, t. x, p. 455.) — Si administratione divina melior nulla designari potest, omnino putandum est res creatas, ut se habent, optime se habere. (S. Cyrill. Alex., *Cont. Julian.*, l. V, t. ix, p. 756.) — Optime ordinatæ sunt res in finem, salvo ordine universi, quia universum est tanquam pulcherrimum carmen, quod decurrit secundum optimas consonantias, aliis partibus succedentibus aliis, quousque res perfecte ordinentur in finem. (S. Bonaventure, 1 Sent. Dist. xliv, art. 1, q. 3.) — Ita fit ut *angusto animo* ipsum solam (viam impiorum) quisque considerans velut magna repercussus fœditate avertitur. Si autem mentis oculos erigens atque diffundens, simul universa collustret, nihil non ordinatum, suis semper veluti sedibus distinctum dispositumque reperiet. (*De Ordine,* l. II, n° 11, t. 1, p. 560.) — Omnia Deus justissime, moderatissime, pulcherrime facit, quoquo modo habere se voluerint de quibus facit. (S. Aug. *de Quant. animæ,* c. 36, t. 1, p. 734.) — Ut quodlibet homo elegerit, semper sit pulchra universitas decentissimis partibus ordinata. (*De Lib. arbit.,* l. iii, n° 27, p. 1010.) — Ipso faciente pulchra sunt singula, et ipso ordinante pulchra sunt omnia. — (*De Gen. imp.,* lib. n° 25, t. iii, p. 169.) Opera Domini universa bona valde. (*Eccl.* xxxix, 21.) — Cum itaque mens ad universalem quamdam rerum considerationem rapitur, et ad universitatis pulchritudinem speculandam divi-

à quelques-uns de mes auditeurs si cette expression les scandalisait : elle est de saint Augustin (1). « En considérant l'ensemble des œuvres de Dieu, ce qui est doit rester ce qu'il est, dit ce grand docteur, c'est le souverain maître qui le trouve très-bien, *Id enim judicavit esse pulcherrimum, ut esset quidquid est, quomodo est, et ita naturæ gradibus ordinaretur, ut considerantes universitatem nulla offenderet ex ulla parte deformitas*..... L'ordre et la disposition gardent la beauté du monde, par la variété des choses. Et sous ce rapport le mal est nécessaire, comme l'antithèse qui orne le discours ; et ainsi la beauté de toutes choses est formée des contraires...(2) et cette beauté est si grande, que si nous la sentions, nous tomberions dans une extase ineffable (3). »

Oui, mes Frères, il y a une vue du beau même dans le désordonné, et d'autant plus que, selon la doctrine continuellement répétée des Pères, l'ordre général du monde n'est jamais troublé par ces désordres partiels, comme ce qui se rencontre de déréglé dans le bruit des musiciens et des instruments n'empêche pas, à une certaine distance, la complète harmonie du concert : le bruit s'est arrêté en chemin, il ne reste que le plus merveilleux accord. — Reconnaissons donc une sorte d'optimisme parfaitement permis, et que vous entendrez dans le sens que je viens d'ex-

nitus sublevatur, et in hujusmodi contemplatione contemplationisque dulcedine delectabiliter figitur, mirabiliterque reficitur, videt sæpe in divino lumine quot, vel cujusmodi rerum genera oporteat esse, inconcussumque tenet nihil horum omnium quæ summæ dispositionis ordo universitatisque pulchritudo exigit, penitus posse deesse. (Rich. S. Victor , *De erud. hominis interioris*, c. 13 , p. 1312, éd. Migne.)

(1) *De quant. anim.*, c. 36.

(2) *De ordine*, l. I, n° 18, p. 540, t. i.

(3) *Ep.* 166, p. 880.

pliquer. Saint Thomas, qui ne recule jamais devant les propositions nettes et précises, l'a formulé ainsi : « Il n'y a rien de désordonné dans l'ensemble de la création, et un monde où le mal n'existerait pas ne serait pas aussi bon que le nôtre (1), *In universo nihil est inordinatum... universum in quo nihil mali est, non esset tantæ bonitatis, quantæ hoc universum (2)...* » Celui qui ne connaît la théologie que par les coins anguleux, obscurs et étroits de certains esprits, sera étourdi de cette proposition. Celui qui connaît les sommets qu'habite, dans son vol plein et majestueux, l'Ange de l'école, tombera à genoux et chantera un hymne

(1) I. Dist. xLIV, q. 1, art. 2,

(2) Sicut sermonis decentia major est interpositione silentii, quam si continue proferretur : sic universitatis pulchritudo major est ex interpositione bene ordinatorum malorum.—Melius est fecisse hominem talem qui peccare posset. (Alex. Alensis, I. p. q. 18, membr. 10. Albert le Grand, t. xvii, p. 448.) — Si malum a quibusdam partibus universi substraheretur, multum deperiret perfectionis universi. (S. Thomas, *Cont. Gent.*, l. III, c, 71.) — Ordo universi requirit, quod quædam sint quæ deficere possint et interdum deficiant. (S. Thomas, 1ª p., q. 49, art. 2.) — (V. encore opusc. 2, c. 142, et *Cont. Gent.*, l. III, c. 71.) — Judicium de bonitate alicujus rei non est accipiendum secundum ordinem ad aliquid particulare, sed secundum seipsum, et secundum ordinem ad totum universum, in quo quælibet res suum locum ordinatissime tenet. (S. Thomas, 1ª p., q. 49, art. 3.)— Dieu permet le mal, ne impediatur bonum universi perfectum. (S. Thomas, 1ª p., q. 22, art. 2, ad 2ᵐ. — V. encore q. 48, art. 2, corp.) — Ipsum autem totum, quod est universitas creaturarum, melius et perfectius est, si in eo sint quædam quæ a bono deficere possunt, quæ interdum deficiant, Deo hoc non inpediente. (1ª p., q. 48, art. 2, ad 3ᵐ.) — Si le mal n'existait pas, pulchritudo universi deperiret. (II Dist. xxxiv, art. 1.) — S. Bonaventure est plus énergique encore : Si ultra procedas, quis decor (cum peccato vel sine peccato) magis excedit ; potest dici sine præjudicio, quod decor qui nunc est (cum peccato). Et ratio hujus est, quia vis divina eliciens bonum ex malo, præpotens est malo ; et ideo bonum quod inde elicit, prævalet bono, quod malum corrumpit : et ideo plus valet universum nunc, quam valuisset tunc, in quo nunc modo commendaur sapientia Creatoris. Unde Gregorius in benedictione cerei paschalis, ô felix culpa, quæ talem meruit habere Redemptorem. Et exemplum est *de scypho sano qui frangitur, et religatur filo argenteo vel aureo, quia melior est post, quam ante, non ratione fractionis, sed ratione religationis.* (L. I, Sent. Dist. xLVI, art. 1, q. 6.)

de reconnaissance, dans l'extase de l'amour intelligent.

Je vous demande pardon, mes Frères, si j'abuse de votre patience. Le sujet est si important, si pratique, et quoique je ne m'occupe de la terre qu'en y jetant quelques rares coups d'œil, j'oserai dire que ce sujet est si actuel, que je réclame encore la faveur de quelques minutes d'attention, afin que je puisse terminer par des conseils qui seront la conséquence de la doctrine exposée.

II

Conseils pratiques.

§ 1.

Le premier conseil que je donnerai est de se défier des pessimistes.

Il est des hommes naturellement effrayés et effrayants : il est des caractères qui, par tempérament, par exagération, par étroitesse de vue, ou bien par défaut de principes religieux, sont toujours disposés à voir les choses par le mauvais côté. Vrais Rembrand de l'histoire ou de la philosophie, ils ont toujours des couleurs noires sur leurs palettes ; on dirait, quand ils ont le talent d'écrivain, que leur esprit ressemble à ces bas-fonds aux exhalaisons nébuleuses, et toujours prêtes à assombrir le temps. Ce qui m'étonne, c'est de rencontrer quelquefois des chrétiens éclairés qui s'attardent dans ces vallées sinueuses et tristes. Evidemment ils n'ont point eu de commerce habituel avec ces grandes et incomparables âmes, qui jouissent dès ce monde de la sérénité et du vent frais de l'éternité : *Quæ perfruitio summi et veri boni, cujus serenitatis atque æternitatis afflatus... dixerunt hæc magnæ quædam et incomparabiles animæ* (1).

« De quelque côté que l'âme se tourne, disait N. S. à sainte Catherine, dans l'ordre temporel et spirituel, elle ne

______

(1) August. *De quant. anim.*, n° 76.

trouve que les abîmes et les feux de l'infinie charité avec la douce, très-grande et parfaite Providence (1). »

Cette vérité de foi est constamment présente à la mémoire et au cœur du véritable chrétien : il voit, il sent, il adore la force, la puissance, la protection qui le couvre, et il se dit : Non, je ne craindrai pas, alors même que je marcherais au milieu des ombres de la mort, je ne craindrai pas, parce que Dieu est avec moi. Le chrétien est alors comme une sentinelle sur une tour de granit : au pied de la tour viennent se briser quelques lames que la fourmi trouverait furieuses, mais que le soldat regarde avec dédain : *Turris fortitudinis.* Vous étonnez-vous que le chrétien du haut de sa tour regarde la malice des hommes comme si elle n'existait pas (2)?— Les hommes de la terre sont des enfants, « qui, dit le prophète Isaïe, vivent dans une perpétuelle défaillance, et la vigueur de leur jeunesse tombe d'épuisement; mais ceux qui espèrent en Dieu renouvelleront leur force, ils prendront des ailes comme l'aigle, et ils ne seront point fatigués, ils iront toujours et ils ne défailliront jamais, *Assument pennas sicut aquilæ, current et non laborabunt, ambulabunt et non deficient* (3).

Le Seigneur, dit le Psalmiste, fait la garde autour de ceux qui l'aiment, *Custodit Dominus omnes diligentes se* (4). Quand un puissant empereur marche escorté par les bataillons nombreux et serrés de sa garde fidèle, il n'a rien à craindre ; mais qu'est-ce que la protection des bataillons

---

(1) Della Providenza, c. 7.

(2) Spiritalia tractantem, et cœlestia contuentem decet humanæ nequitiæ despicere momenta, et animo sublimi et excelso istiusmodi malevolentiæ hominem tanquam nullus sit opinari. (S. Hilarius, in Ps. xiv, n° 12.)

(3) Isaïe, xl, 30, 31.

(4) Ps. 144, 20.

humains, si nous la comparons à celle de Dieu? Ce que Dieu garde est bien gardé, dit le bon sens populaire. Oui, ce que Dieu garde, n'a rien à craindre : tout est prévu, et par des voies aussi simples que puissantes et mystérieuses, tout arrive à temps, tout concourt au salut et au bien de celui qui aime Dieu, *omnia cooperantur in bonum* (1).

Sans doute, et je le redirai encore, si nous n'avions que la vue de la terre, il y aurait souvent de quoi nous décourager. Mais heureusement, dit saint Denis, Dieu est continuellement occupé à réparer les erreurs des hommes, leurs fautes, leurs crimes : il ordonne et règle ce qui est désordonné (2) ; et son action continuelle et toute-puissante est comme une eau purifiante qui entraîne à l'océan toutes les souillures de l'humanité. Ceci me rappelle ce qui se passe sur les bords de la mer aux alentours des villes fortifiées. Des fossés pleins d'eau environnent les murailles : toutes les immondices s'y accumulent; mais plusieurs fois par mois, on ouvre les portes, les eaux croupissantes s'en vont, et la mer envahit les fossés avec des eaux fraîches. Laissons donc les petits esprits se fatiguer à compter les herbes décomposées du rivage; pour nous, attendons l'océan : ayons confiance en son action toute-puissante et continuellement réparatrice.

Ces vérités élémentaires de la foi sont malheureusement ignorées même des chrétiens, et quelquefois des chrétiens fervents. J'oserai dire avec Bossuet (3), « qu'il y

---

(1) Nihil omnipotentiam Verbi clariorem reddit, quam quod omnipotentes facit, omnes qui in se sperant.... Ita (animum) Verbo innixum et indutum virtute ex alto, nulla vis, nulla fraus, nulla jam illecebra poterit, vel stantem dejicere, vel subjicere dominantem. (S. Bern. *in Cantic.* S. LXXXV, n° 5.)

(2) *De Div. nomin.* c. 8.

(3) *Pensées détachées.*

a au sein même du christianisme un athéisme caché dans tous les cœurs. On compte Dieu pour rien, dit ce grand évêque! » —On compte Dieu pour rien, et cependant Dieu c'est tout, et le reste n'est rien! Dieu c'est tout dans le corps, dans l'âme, dans la vie de la nature et de la grâce ; Dieu, c'est tout dans les événements de la vie. Aveugles que nous sommes! nous faisons attention au grain de sable qui se déplace de quelques pieds sur les bords de la mer, à ces herbes à moitié flétries qui voudraient se redresser fièrement au milieu de la tempête, et nous ne songeons pas à la puissance de cet Océan qui revient, ou plutôt qui ne revient pas, parce qu'il ne s'en va jamais, de cet Océan qui d'un seul bond va détruire toutes les combinaisons du grain de sable et de l'herbe flottante. Oui, il y a souvent, même dans les âmes qui se croient pieuses, il y a une sorte d'athéisme pratique. On voit Dieu dans un tabernacle, mais on ne le voit pas dans le monde, dans la société, dans le cœur humain; on ne le voit pas partout, et partout Dieu est maître souverain, partout il commande, et quand les générations humaines, semblables à des armées d'insectes révoltés, veulent s'opposer à ses desseins, il souffle dessus et il va plus loin, *ab inspiratione spiritus iræ suæ* (1).

D'ailleurs, mes Frères, n'exagérons point le mal ; c'est un défaut très-commun aux honnêtes gens. L'univers est encore très-beau malgré le mal qui le couvre. Cette proposition est peut-être hardie ; elle est cependant traduite avec adoucissement de saint Augustin. « Quel est l'homme assez aveugle, dit-il, pour ne pas voir toute la beauté que le genre humain apporte à ce monde, quoiqu'il y ait peu

____

(1) *Ps.* xvii, 16.

d'hommes qui vivent convenablement (1). » On dirait à
entendre certaines imaginations que le mal a tellement en-
vahi le monde qu'il reste à peine une petite place au bien :
cela tient à des calculs d'égoïsme, d'ignorance et d'étroitesse d'esprit. Saint Thomas, considérant l'ensemble de la
création, emploie comme à son ordinaire deux mots très-
simples qui cachent un sens profond : Dieu, dit-il, a permis *quelques maux, aliqua mala* (2), pour ne pas empêcher
de très-grands biens : et ces grands biens qui résultent du
mal sont à ajouter à cette immense somme de bien primitif
qui est comme le fond même de la création tout entière. Je
voudrais pouvoir analyser ici un admirable chapitre du
grand évêque d'Hippone, où il fait voir toutes les choses
belles et excellentes dont Dieu a rempli et continue à rem-
plir le monde, malgré les iniquités des hommes. Après
avoir tout énuméré, il s'écrie dans l'enthousiasme de son
admiration : « Si Dieu laisse tant de merveilles à la jouis-
sance des méchants, que ne donnera-t-il pas à ses amis !
Quæ igitur illa sunt, si tot ac talia et tanta ista sunt (3). »

Oui, malgré les crimes des hommes, le monde est plein
de beautés et de perfection : il est si beau qu'il s'appelle la
lyre du Verbe. Je vous en conjure, ne dites pas trop de mal
de la lyre de mon Dieu. — Écoutez saint Athanase :
« Comme le musicien, après avoir accordé sa lyre, forme
un concert des sons les plus divers et les plus habilement
combinés : ainsi le Verbe de Dieu ayant entre ses mains le
monde entier comme une lyre, réunit par la force de sa volonté et de sa puissance les êtres les plus opposés, et pro-

---

(1) *De Genes. ad litt.*, l. IX, n° 14.

(2) 2ᵃ 2, q. X, art. 11.

(3) *De civit. Dei*, l. XXII, c. 24.

duit dans la création un ordre parfait et admirable, *unum mundum, unumque mundi ordinem pulchre et concinne admodum efficit* (1).

Les âmes en particulier ont une beauté que le vice lui-même ne peut complétement altérer. L'homme, il est vrai, a une toute-puissance de crimes effrayante, et cependant il ne peut pas détruire entièrement la beauté de son âme, et ce qu'il en reste, alors même qu'il l'a souillée, est plus beau que tout l'univers matériel. « La lumière du ciel est magnifique, dit saint Augustin (2), les astres sont admirables de splendeur et de régularité; l'animal privé de raison est un ornement pour le monde, et personne n'oserait reprocher à Dieu d'avoir créé ces merveilles...; mais l'âme de l'homme, quel que soit le degré de sa corruption, elle est plus belle, elle est meilleure, elle est plus excellente, que la lumière, que les corps remplis de clartés splendides, que l'animal privé de raison, *Ad quantamlibet sui decoris diminutionem, defectum pervenerit, quamvis peccatis tabefacta..., sublimior, melior, excellentior quam corporum quorumlibet splendidissimus fulgor, quam bestia.*

Me permettra-t-on d'ajouter ce qui suit : Au lieu de calomnier notre époque, où il y a tant de grandes choses, au lieu de nous laisser aller à la triste mode, à l'habitude, du reste facile parce qu'elle dispense de tout, de raison, de science et de sagesse impartiale; à cette habitude de se plaindre de son temps, que Tacite appelait un vice de la malignité humaine, *vitium malignitatis humanæ* (3) et que l'Ecriture blâme ouvertement: *Ne dicas: quid causæ est quod*

(1) *Contra Gentes*, c. 42.
(2) *De Liber. arbitr.* l. III, n° 12-15-16. *De Catech. rudib.*, n° 30.
(3) *De Orat.*, c. 18.

priora tempora meliora fuere quam nunc sunt ? Stulta enim est hujusmodi interrogatio (1) ; ne serait-il pas plus juste et plus raisonnable d'arrêter nos regards sur tant de bonnes œuvres, sur tant d'holocaustes vivants et invisibles, sur tant d'anges qui prient et sauvent le monde sur le penchant de sa ruine? Ne vaudrait-il pas mieux rendre justice à notre époque, même dans l'ordre naturel, et reconnaître tout ce qui s'y fait de beau, de noble, de généreux? Les Romains, pour des œuvres moins grandes, ont mérité l'empire du monde. Si nous voulions nous tenir à cette ligne du vrai et ne point nous laisser entraîner aux intempérances d'une exagération souvent maladive, nous remonterions les degrés de la confiance, que l'on descend toujours quand on veut écouter les bruits de la terre. Nous nous écririons avec saint Augustin, que le bien, même ici-bas, l'emporte de beaucoup sur le mal, *usque adeo mala vincuntur a bonis* (2).

L'Écriture dit quelque part : « Un seul homme juste vaut mieux que mille méchants (3). — Oui, reprend le commentateur le plus autorisé des livres saints (4), telle est la vertu, la dignité, le poids d'une âme juste devant Dieu! un seul juste est un équivalent, que dis-je? il vaut mieux que tous les méchants, il l'emporte dans la balance de l'éternité sur tous les méchants. — Ah! mes très-chers Frères, en voyant tout le bien qui se fait autour de nous, et les admirables vertus que renferme la France, et ces milliers d'âmes ferventes et dignes de la primitive Église, que contient en particulier cette glorieuse reine des capi-

(1) *Eccl.*, vii, 11.
(2) *De Civit. Dei*, l. xiv, c. 11.
(3) *Eccl.*, xvi, 3.
(4) Cornel. à Lapide, *in hunc locum.*

tales, je sens dans mon âme un frémissement de joie et de
noble fierté : j'éprouve le besoin de vous dire : Qu'est-ce
que tous les méchants en présence de ces légions d'âmes
justes ? Vous me montrez cet amas de pierres mal taillées
ou qui reposent dans la fange ! mais connaissez-vous tous
ces diamants cachés dans la montagne, que l'œil de Dieu
découvre et dont un seul est pour lui une riche et sura-
bondante compensation : *Melius est unus timens Deum quam
mille impii* (1)? Oui, à cause du Fils bien-aimé, à cause de
ces diamants radieux que la grâce polit tous les jours, le
monde est beau, il est admirablement beau, et Dieu par-
donnera au monde, parce que c'est son habitude, dit
saint Chrysostome, noble coutume qui du cœur de Dieu
est descendue ensuite dans le cœur des rois et des em-
pereurs ! c'est son habitude de pardonner à la multitude à
cause de la vertu de quelques-uns, *solet propter paucos
multis dare salutem* (2).

Saint Cyrille va encore plus loin : « Pour un seul juste
Dieu pardonne à une multitude innombrable, *Propter unum
quempiam (justum) ejusmodi, innumeræ plerumque mul-
titudini gravissimo sæpe judicio condemnatæ, misericordiam
dilargitur (Deus)* (3). » Ce langage ne plaira peut-être pas à
ceux qui ont une tendance à rendre aussi étroites que
possible les portes du ciel. J'avoue que, quelle que soit
ma vénération pour leur personne, j'aime mieux appartenir
à l'école de saint Grégoire de Nazianze, qui m'apprend
que Dieu, outre ses moyens ordinaires, sait encore d'une
façon inusitée ouvrir un grand nombre de voies admirables

---

(1) *Eccl.*, xvi, **3.**

(2) *In Gen.* hom. xlii.

(3) Cyr. Alex. *Cont. Jul.*, l. V., p. 754, t. ix.

de salut, parce qu'il penche toujours du côté de la bienveillance et de la miséricorde, *Multas et mirabiles salutis
vias Deus inusitato modo aperire novit, ad humanitatem et misericordiam propendens* (1). Il est vrai, et c'est saint Cyrille
d'Alexandrie qui en a fait la remarque, on trouve des
hommes religieux auprès desquels toute idée étroite a
chance de succès : parlez-leur de sauver quelques hommes
de plus, ils se fâchent : tant ils sont ennemis du genre humain et ignorants dans la science des Écritures : *Ubi nihil
magnum fit ac generosum, non altercantur ; ubi vero quosdam
salvatos vident, omnino sunt magis molesti : adeo inimici sunt
salutis humanæ, ac sacrarum litterarum ignari* (2). Ils ont,
selon la remarque du même Père, leurs méthodes artifi-
cielles pour enchaîner l'action du souverain ordonnateur,
Artificialibus methodis supremum artificem supponere (3).

Ces considérations m'amènent à croire que même ici-
bas le bien finit toujours par l'emporter sur le mal : le mal
est un météore, c'est une tempête transitoire ; le bien c'est
la pleine mer, c'est le fonds même du temps, c'est l'atmos-
phère qui revient tôt ou tard au calme, à la sérénité. Oh !
que j'aime au milieu des sinistres prévisions, que j'aime à
lire, à méditer, à savourer ces belles paroles de Notre-
Seigneur à sainte Catherine : « De quelque côté que l'âme
se tourne, dans l'ordre temporel et spirituel, elle ne trouve
que les abîmes et les feux de l'infinie charité, avec la
douce, très-grande et parfaite Providence (4). » Que j'aime
à relire cette grande et consolante pensée de saint Augustin : « Le Seigneur conduit la marche du monde avec har-

(1) Greg. Naz. *Orat.* IV, c 54, t. 1, p. 578. (Édit. Migne.)
(2) Cyr. Alex. in Math., c. 12, v. 2, t. V, p. 466. (Éd. Migne.)
(3) *De Trinit.*, c. 2, t. VIII, p. 1150.
(4) *Della Providenza*, c. 7, p. 23.

monie, *profert numerose seculum :* les événements de ce monde sont comme des chutes de vers : l'ensemble forme un admirable cantique, *Tanquam syllabæ ac verba ad particulas hujus seculi pertinent in hoc labentium rerum tanquam mirabili cantico* (1). Or, ce *numerose* de saint Augustin, je vous demande pardon de parler latin en ce moment, je ne puis pas traduire convenablement: ce *numerose* dans la marche du monde n'existerait pas, si l'empire d'ici-bas avait été concédé au mal. Non, mille fois non, et je sens le besoin de déprendre de plus en plus mon âme de ces théories que j'appellerai presque anti-chrétiennes; non, l'empire est au bien, malgré les désordres partiels, et il y a sur la terre une splendide et harmonique combinaison de toutes choses (2), et si nous pouvions découvrir ce plan merveilleux de la Providence, nous tomberions dans un ineffable ravissement : c'est encore saint Augustin qui parle, *Cursum ornatissimum atque ordinatissimum... quæ si sentiremus, delectatione ineffabili mulceremur* (3).

§ 2.

J'avais le désir de donner un second conseil, mais le temps me presse, je ne puis que l'indiquer. Il est parfaitement exprimé dans ces paroles que j'extrais des œuvres de sainte Catherine: Le Seigneur lui dit un jour: « Unissez-vous

(1) *Epist.* clxvi, t. ii, p. 880.

(2) Si administratione divina melior nulla designari potest, omnino putandum est res creatas, ut se habent, optimè se habere. (Cyril. Alex., *Cont. Julian.*, l. v, t. ix, p. 756.) — Omnino Deus justissime, moderatissime, pulcherrime facit, quoquomodo habere se voluerint de quibus facit. (Aug., *De quantitate animæ,* c. 36, t. i, p. 734.)

(3) *Epist.* clxvi, n° 13, t. ii, p. 880.

aux saintes âmes, pour prier, car je veux faire miséricorde
au monde (1)... Je veux, continue le Seigneur, que tu ne
cesses pas de crier vers moi et de frapper à la porte : alors
je viendrai et je ferai miséricorde au monde, et c'est là ce
que je demande à mes serviteurs, à ce signe je reconnaî-
trai leur amour et j'écouterai leurs prières (2)... Aussi
sainte Catherine allait se jeter au pied de l'autel et elle
disait : Père éternel, vos serviteurs réclament votre miséricorde, vous ne pouvez pas la leur refuser : l'ardeur de
votre amour ne peut pas et ne doit pas vous permettre de
refuser... Seigneur, je ne me retirerai pas que vous n'ayez
fait miséricorde... et par votre amour ineffable, je vous
en prie et je vous oblige à faire cette miséricorde (3). » —
Je n'ajouterai qu'une chose à ces belles et consolantes paroles : c'est que je préférerais une sainte Catherine à
toute une armée d'alarmistes.

§ 3.

Enfin, mes Frères, je termine par un court, mais très-
important avis. — Chrétiens, élevons-nous au-dessus des
intérêts du monde, et parfois des passions plus ou moins
habilement déguisées (4). Souvent le découragement nous
arrive, parce que nous avions formé tel rêve, mais ce rêve

---

(1) *Dell' Orazion*, c. 69, p. 344.
(2) *Ibid.*, c. 43, p. 250, c. 70, p. 348-350.
(3) *Della Discrez.*, c. 13, p. 33-34.
(4) Alors on comprend très-bien cette pensée de Fénelon : « Les contradictions
des hommes, leur inconstance, leurs injustices mêmes, nous paraîtront les effets
de la sagesse et de la bonté invariable de Dieu ; nous ne verrons plus que Dieu
infiniment bon, qui se cache sous les faiblesses des hommes aveugles ou cor-
rompus. » (*Lettres spirit.* CCLX, édit. de Paris, 1852, t. VIII.)

est une ombre que Dieu n'appellera jamais à la réalité de l'existence. Alors l'âme s'attriste, elle accuse la Providence : il y aurait autre chose à accuser. Nous mettons souvent les plans de nos petites pensées, quelquefois de nos ambitions, à la place des plans divins. Mais Dieu a aussi sa carte de l'univers, il a ses lignes tracées, et tout ce que les ingénieurs de ce monde veulent y ajouter, il ordonne à ses anges de l'effacer, puis il continue d'indiquer du doigt le tracé de ses grands chemins : jamais cette volonté divine n'a semblé vouloir préparer de plus grandes choses qu'à notre époque. Les conducteurs à vue courte lui opposent les montagnes et les vallées ; mais ils ont oublié que les montagnes s'abaissent et que les vallées se comblent, quand Dieu paraît.

Mes Frères, la vérité elle-même peut être défendue comme une intrigue ; saint Augustin en faisait la remarque de son temps ; et il voulait qu'on soutînt la vérité, sans esprit de parti et en bannissant cette aigre personnalité qui la déflore toujours, *non quia ipsorum est, sed quia verum est* (1). Qu'il est rare de rencontrer les caractères élevés, les nobles âmes, les cœurs désintéressés, qui se baignent dans les eaux pures de la vérité, et ne veulent le triomphe de la vérité que pour elle-même ! Si Dieu faisait le dépouillement de tout ce qui s'agite dans la fournaise de certaines natures, et je parle de bonnes et quelquefois de chrétiennes natures, trouverait-on toujours, dans ces monceaux de minerai, quelques atomes d'or pur ? Or, il n'y a que le métal pur qui soit estimé de Dieu, il n'y a que le métal pur qui attire le regard et la bienveillance de Dieu : le reste est de la scorie qui quelquefois contrarie les desseins du Seigneur,

(1) *Confess.*, l. XII, c. 25.

mille fois plus que la malice des méchants. Et quand, au tribunal de celui qui dira sans crainte toute vérité, nous aurons entendu le détail de certaines choses, nous serons peut-être effrayés de tous les obstacles que les mesquines passions des gens de bien auront apportés à la réalisation du vrai règne de Dieu sur la terre.

——o◉o——

Saint Chrysostome écrivait à une dame célèbre : « La tempête est partout, l'océan est soulevé dans toutes ses profondeurs, les pilotes sont jetés à la mer avec l'équipage, de noires ténèbres sont repandues sur les abîmes, et les hommes vont devenir la proie des monstres marins (1). » — C'est ainsi que l'archevêque de Constantinople décrivait les afflictions de son temps : assurément j'aime encore mieux le nôtre. Ce langage du saint Docteur vous semblera peut-être celui d'un pessimiste ; mais écoutez jusqu'à la fin. — Qu'aucun de ces malheurs ne trouble votre esprit, *Nihil eorum quæ accidunt, animum tuum conturbet* : c'est la coutume de Dieu de ne point guérir les maux au commencement, mais de les laisser croître, se développer, et quand tout est désespéré, et que la malice des hommes semble avoir épuisé son pouvoir, alors il réduit subitement les choses à une profonde tranquillité, il les amène à un état prospère qui confond tout le monde. » — J'adopte la conclusion, elle appartient à l'optimisme évangélique.

Mes très-chers Frères, soyons tous de l'école de saint Chrysostome. Oui, ayons confiance en l'avenir, parce que

____

(1) *Ad Olympiadem, Epist.* I, t. III.]

nous avons confiance en Dieu : *Machabæus autem semper confidebat cum omni spe* (1). Donnons au Seigneur notre âme, donnons-lui ce que nous possédons de meilleur, notre vie, notre avenir et nos espérances. Donnons-lui à long crédit, *ad longam credentiam* (2), comme dit un saint docteur : les grands princes aiment qu'on leur donne ainsi, et quel prince est grand comme Dieu?—Oui, soyons toujours prêts à espérer, *paratum cor ejus sperare* (3) : bannissons énergiquement cette disposition à la défiance, qui semble native en certaines âmes. Demeurons en face de l'avenir, c'est-à-dire en face de Dieu, comme la sentinelle à son poste, avec l'arme de la confiance, et la confiance devient pour l'âme un long jour de fête qui embrasse la vie, et qui s'appelle la vigile de la solennité éternelle, *spes, quæ est quasi vigilia quædam solemnitatis æternæ* (4).—Je le sais, on nous montrera l'Église comme une île agitée par les flots et environnée d'eaux amères; mais je réponds avec saint Athanase qu'il en a été toujours ainsi (5) : et d'ailleurs ces eaux salées ont leur utilité, elles purifient, elles préservent de la corruption, et l'air qu'elles répandent a quelque chose de vif qui fortifie la poitrine des habitants. — Je le sais encore, on me montrera notre Chef auguste, le cœur oppressé sous les tribulations; mais, vous dirai-je que la cause principale de ma confiance et de ma sérénité au milieu des ténèbres, est ma foi inébranlable aux prérogatives divines du Vicaire de Jésus-Christ; et la certitude que

---

(1) II Mach., xv, 7.

(2) Inter Opusc. S. Thomæ. De *erud. princ.*, l. II, c. 4 et 5.

(3) *Ps.* cxi.

(4) *De erud.*

(5) Insulas vocat (propheta) Ecclesias, utpote omni vento agitatas, et salsis asperisque ærumnarum fluctibus circumfusas. (In *Ps.* xcvi, t. iii, p. 418. Édit. Migne.)

Dieu lui donnera de plus en plus la force, le courage et cette foi qui, selon la pensée de saint Chrysostome, opère de grandes choses, souffre beaucoup et croit ne rien souffrir : *Duo sunt mira in fide, quod et magna efficiat, et magna patiatur, et nihil pati se existimet* (1). Il y a encore une autre certitude en mon cœur, c'est que le trône fondé par Jésus-Christ, quels que soient les événements humains, sortira de la tempête plus glorieux et plus solide. Comment? Je n'en sais rien, mais Dieu le sait, ne m'en demandez pas davantage. Il sait les progrès et la fin du mal, et il arrivera une heure (elle n'est peut-être pas loin), où le Tout-Puissant commandera aux vents et à la tempête, où il dira à cette vague déchaînée des méchants : Tu n'iras pas plus loin, et aussitôt la tranquillité sera grande, *et facta est tranquillitas magna.* — Telle est ma conviction profonde, aussi mon âme est tranquille, *in pace in idipsum dormiam et requiescam* (Ps. 4).

Saint Augustin disait en parlant du développement de la création : « Le monde, semblable aux entrailles des mères, est plein de tous les germes des choses qui doivent naître : *Sicut matres gravidæ sunt fœtibus, sic ipse mundus gravidus est causis nascentium* (2). — J'applique ces paroles au monde moral et historique, et à notre époque en particulier : jamais peut-être les entrailles de l'univers n'ont été aussi chargées : *mundus gravidus est.* Oui, le monde est gros et j'entends les cris qui précèdent l'heure de l'enfantement : *Vocem quasi parturientis audivi* (3). Je crois à ces paroles étonnantes que de Maistre proférait

(1) In *Epist. ad Hebr.*, c. 11, hom. 27.
(2) *De Trinit.*, l. III, n° 16, t. viii, p. 1230.
(3) Jérém., iv, 31.

au commencement de ce siècle : « Il faut nous tenir prêts pour un événement immense dans l'ordre divin, vers lequel nous marchons avec une vitesse accélérée (1). — Tout annonce un changement général, une révolution magnifique que tous nos vœux doivent appeler. (Vous voyez que de Maistre n'était pas pessimiste] (2). — La Providence, préparant quelque chose d'immense, a, par de si horribles bouleversements et de si affreuses calamités, comme broyé et pétri les hommes pour les rendre propres à l'unité future.... il est impossible de *méconnaître le mouvement divin, auquel chacun de nous est tenu de coopérer dans la mesure de ses forces* (3). — Ce qui se prépare est immense, et ce que nous avons vu n'est qu'une préparation (4). — Nul doute que nous n'assistions à une des grandes époques du monde, et que tous les hommes sages ne doivent tenir les yeux ouverts, car nous ne sommes pas au bout (5). — Voici deux conclusions de l'illustre Savoisien, aujourd'hui j'aurais le bonheur de dire l'illustre français. Je vous les recommande : « Tout à la fin tournera pour le mieux. J'ai fait là un vers sans m'en apercevoir : mais en prose ou en vers la chose me paraît certaine (6). » — La seconde conclusion me fait tressaillir de joie et de noble fierté : « Rien de grand ne se fait dans notre Europe sans les Français (7). » — Cela sera éternellement vrai, parce que la France est le bras de Dieu : nous ne voyons

<hr>

(1) *Soirées* XI, entret., t. ii, p. 270-271.
(2) *Lettres* xiv (janvier 1818), t. ii, p. 392.
(3) *Réflexions* à la fin des *Lettres*, t. ii, p. 562-563.
(4) *Mémoires polit.*, p. 284.
(5) *Ibid.*, p. 357.
(6) *Lettre* lxxxiii, t. i, p. 338.
(7) *Lettre* lxxxii, t. i, p. 332.

pas toujours où il conduit ce bras victorieux : mais à la fin ce sera toujours *Gesta Dei per Francos.*

Je crois encore, avec le célèbre Balmès (1), à des changements dont nous pourrions à peine nous former une idée : et cependant j'espère et j'ai confiance, j'ai confiance en celui qui gouverne l'univers avec harmonie, *profert numerose seculum* (2); en celui qui met un frein à la fureur des flots, en celui qui du mal tire un plus grand bien, en celui dont la miséricorde est plus grande que toutes ses œuvres, *super omnia opera ejus* (3). J'espérerais très-peu de la terre, si elle était abandonnée à ses propres forces ; mais j'espère beaucoup parce que je regarde le ciel, et que je crois à cette prière prophétique de saint Bernard : « O mon Dieu ! il me semble que votre miséricorde est à l'étroit ; *Augusta est misericordia tua.* Laissez-la donc étendre ses limites, promener partout ses sinuosités, qu'elle atteigne avec force tous les rivages connus, et qu'elle subjugue toute contrée par sa suavité. Ne voyez-vous pas, ô mon Dieu ! que votre cœur paternel est resserré par la ceinture de votre justice : *Restrictus est, Domine, judicio sinus tuus* (4), brisez-la donc, *solve cingulum tuum,* qu'il y ait sur toute la terre une inondation de votre tendresse, et que nous demeurions tous ensevelis sous le déluge de vos miséricordes, *veni miserationibus affluens, et supereffluens caritate.* »

O illustre Vincent de Paul, il y a trente ans, à la veille d'événements qui devaient ébranler le monde, vos précieuses reliques ont été promenées triomphalement dans les

---

(1) *Mélanges,* t. III, p. 391.
(2) *Epist.,* 166.
(3) *Ps.* CXLIV, 9.
(4) *De Nativ. Domini Serm.* I, n° 2.

rues de cette capitale, et la prophétie a été de nouveau réalisée : *Ossa eorum pullulent de loco suo* (1). Le monde alors était gros comme aujourd'hui, *mundus gravidus est* : et cependant l'horizon religieux s'est éclairci successivement, malgré les sombres nuages qui, de toutes parts, se promenaient. O le Père de la charité! le ciel vous aurait-il donné le pouvoir de pacifier cette grande ville que vous avez tant aimée, et de répandre par elle la paix et la confiance dans tout l'univers? Cette pensée est trop douce à mon cœur pour n'y pas croire. Aussi, prosternés avec ces vénérables Frères, auxquels, si j'avais écouté les sentiments qui sont dans mon cœur et que je ne veux pas énumérer, j'aurais dû céder la parole ; prosternés devant votre tombeau, nous vous conjurons d'étendre de nouveau votre bras sur nous, *erige brachium tuum* (2). Commandez au vent et à la tempête, car les amis de Dieu ont aussi leur commandement supérieur ; dites à la mer : Calmez-vous, et la tranquillité deviendra grande : *et facta est tranquillitas magna.* Puis, et je continue le texte de l'Evangile, retonrnez-vous vers la foule, et dites-lui : Pourquoi cette défiance? vous n'avez donc plus la foi? *Quid timidi estis, necdum habetis fidem* (3).

O glorieux saint Vincent de Paul ! on me reprochera peut-être de n'avoir pas parlé de vous ; et cependant il me semble que votre pensée a toujours été sur mes lèvres. C'est votre âme que j'ai expliquée sans la nommer, comme on effeuille une belle fleur dont on ne dit pas toujours le nom. C'est votre âme à l'état de parfum que j'ai fait respirer à ce pieux auditoire, et je puis bien dire de tout ce discours que, dans ses moindres parties, c'est votre esprit qui l'ani-

(1) *Eccl.*, xiv.
(2) Judith, ix.
3) Luc, iv, 39. — Marc, iv.

mait : *Spiritus in omni regione spirat* (**1**). Puisse cet esprit reposer sur nous, nous conduire toujours, diriger nos pensées, nos désirs, nos projets... *Quocumque ibat spiritus... sequentes eum.* Puissions-nous ne jamais reculer dans cette voie ! *cum incederent non revertebantur* (**2**), car c'est ainsi que Dieu veut ses enfants : il leur a donné un caractère plein de confiance et d'heureux espoir : *bonæ spei fecisti filios tuos* (**3**).

(1) Baruch, ch 6
(2) Ezech., , 20, 9.
(3) *Sap.*, xɪɪ, 19.

Paris. — Imprimerie de W. REMQUET et Cie, rue Garancière, n. 5.

Paris. — Imprimerie de W. REMQUET et Cie, rue Garancière, n. 5.